JN001310

埃だらけのすももを売ればよい

поэтессы серебряного века

ロシア銀の時代の女性詩人たち

高柳聡子

書肆侃侃房

埃だらけのすももを売ればよい
ロシア銀の時代の女性詩人たち

＊

もくじ

ロシアの地図

（本書に登場する地名を中心にまとめた）

『銀の時代の101人の女性詩人』（DEAN 刊）

ロシア文学には、1890年代から1920年代にかけて、実に多彩で才能あふれる詩人たちが登場した「銀の時代」と呼ばれる時期がある。19世紀前半にプーシキンやレールモントフといった大詩人たちが築いた文学の興隆期は「金の時代」と呼ばれており、それに次ぐ芸術（とりわけ詩）の時代ということになる。銀の時代には、アレクサンドル・ブロークに代表される象徴派（シンボリズム）や、ウラジーミル・マヤコフスキーらが力強いマニフェストを引っ提げて開始した未来派、あるいは、象徴派を離れたオーシプ・マンデリシタームやアンナ・アフマートワらが属したアクメイズムなど若い詩人たちによる新しい文学グループが次々に組織された。いずれのグループも強烈な魅力を放つ作品と理論で読む者を捉え、21世紀の今にいたっても衰えることのない言葉の力を感じさせてくれる。

そんな銀の時代ではあるが、日本ではまだ十分に紹介されているとは言いがたい。ましてや女性詩人となると、アフマートワやツヴェターエワのような極めて目立った人たちに限られ、その他の多くの女性詩人たちはまるで存在しなかったかのようだ。彼女たちが残した詩や言葉をもっと知りたい、他の人たちにも知らせたい。その思いが結実したのが本書である。そもそも私と彼女たちとの出会いにはいくつかの小さな偶然が重なっていて、それがなおのこと運命のようにも感じられた。

独りよがりな思いこみにすぎないのだが自分の使命だという気がした。

それは、数年前にペテルブルクを訪れたときのことだった。アフマートワ博物館に行くためにリテイナヤ大通りを歩いていると、その日は通り過ぎる予定だったレールモントフ図書館の入口に貼られたマクシミリアン・ヴォローシンの絵画展の案内が目に留まった。ヴォローシンはクリミア半島のコクテベリという町に暮らし、詩を書き、絵を描きながら、都会の生活に疲れたり、人間関係に傷ついては訪ねてくる多くの詩人たちを滞在させ癒した人だ。その彼の絵が展示されているというのだから素通りするわけにいかないと扉を開いた。

レールモントフ図書館は大きな建物ではない。美しく心地よい館内に入ると、なぜか私は職員の方たちに「ようこそ！」と歓迎して迎えられた（あとでわかったのだが、この日は館内で日本人ピアニストの演奏会が予定されていて、私はその演奏者と間違えられたのだった）。

ヴォローシンの絵は2階にある小さなホールの壁に展示されていたのだが、私が訪ねたその時間はちょうど別のイベントが行われていて（ソ連時代の政治的弾圧の犠牲となった人びとの名を読み上げる「名の回復」という恒例行事）、それが終わるまで少し待つよう言われた。待ちながら、奥の部屋にある書棚を眺めていたら、そこに黒地に金文字で『銀の時代の101人の女性詩人』と書かれた本を見つけた。手にとってページをめくると、アフマートワやツヴェターエワといった大詩人たちとともに聞いたこともない多くの女性詩人たちの名が次々に姿を見せた。「銀の時代だけで女性詩人が101人もいるの?」という驚きとともに、詩人の写真すらなく、簡単なバイオグラフィーと一、二篇の詩が紹介されるその静かな詩集が豊かな言葉を湛える新たな世界への扉のように思えたのだった。

2000年にペテルブルクで出版されたこの本は、発行部数5千部。ここ20年ほどの比較的新しい本はロシアの古本市場には出にくく(所有者が手放さないから)、新刊書店にはすでにないだろうし、いつか出会えるといいなと後ろ髪を引かれながら、ヴォローシンの絵を見て図書館を後にしたのだった。

その当時、アフマートワ博物館の近くには、「アフマートワのそばに」という小さな古書店があった。立ち寄って書棚を眺めていると、さっき別れたあの黒い背表紙の本がそこにあったのである。コーヒーよりも安価な200ルーブルで手に入れた大切な本を鞄にしまい、ようやく目的地のアフマートワ博物館に入った。この日はなんだかいつにもまして彼女のそばにいるように感じた。

その晩、ホテルに戻ると、アデリーナ・アダーリスから始まる詩人たちを一人ずつ確認していった。後になって思い出したのだが、かつて私はツヴェターエワを研究していた大学院の先輩からこの本のことを聞いたことがあったはずだ。あの頃は自分の修士論文のことしか頭になく、聞き流してしまっていたのだと思う。十数年を経てようやくきちんと出会えたわけだけれど、本には、そんなふうに「機が熟す」ときがよくある。

『銀の時代の101人の女性詩人』の序には、書名をめぐるとてもおもしろいエピソードが紹介されている。この本のタイトルは、もともとは『銀の時代の100人の女性詩人』だったのだそうだ。けれども原稿が揃うと、なぜだか詩人たちは101人いたのだという。さてどうする？　でも「101」ってギリシア神話に登場するオルフェウスの竪琴の弦の数ではないかと編者たちは気づく。音楽の神アポロンの息子オルフェウスが父から贈られたその竪琴は得も言われぬ音を奏で、ありとあらゆる生き物の心を穏やかにし、石までも柔らかくしたという。詩人たちが集う書物にふさわしいこの手違いを編者らは「運命のいたずら」と呼び、タイトルを変更した（それに誰か一人を外すなんてできるわけがない）。

20世紀の初頭にこんなにも多くの女性詩人が誕生することになった理由は、もちろん社会の変化にある。ロシア帝国では19世紀後半から女性解放運動が活発になり、高等教育への受け入れや出版活動の成果もあって女性たちの教育と意識に大きな変化が起きた。同時にこの時期には女性雑誌も次々に創刊された。女性読者にターゲットを絞った『女性の問題』『女性通報』『女性の世界』といった文芸・社会評論誌は、若い女性たちがいかに生きるかを考えるきっかけにもなったし、さらに、自分の言葉で表現せよと女性たちを目覚めさせることにもなった。

こうした雑誌には、若い詩人たちや無名の女性たちの初々しい詩が数多く掲載されている。革命運動が始まる直前の社会の空気を伝えてくれることもあれば、表現することを覚えたばかりの若い女性の喜びや、おずおずとした筆の動きを感じることもある。私自身は、長期の休みになるとロシアへ行き、図書館の閲覧室で日がな一日こうした雑誌のページをめくり、100年前の女性たちと出会う時間がとても幸福だった。彼女たちの一人ひとりがその時代の主人公のように思えたし、きっとそうなのだと今も思う。

本書には、101人の中から選んだ15人の詩人たちの詩と解説が収められている（詩作品は、他の詩集から選んだものもある）。

わずか15人しか紹介できないのだが、彼女たちの詩の向こう、言葉の向こう、生の向こうに、その他の無数の女性たちの声を感じ取っていただけたらとても嬉しい。戦争や革命のどよめきのなかで世界のあちこちに散らばっていき、今ではどこに眠っているのかわからない詩人も多い。だからこそ、同じ言語で詩を残した女性たちは、こうして1冊の書物の中に久方ぶりに集うことを喜んでくれるような気がしている。

埃だらけのすももを売ればよい

ロシア銀の時代の女性詩人たち

1　遠い異国を見つめて　アデリーナ・アダーリス（1900−1969）

プロローグ

埃だらけのすももが　あちこちの広場で
二束三文で売られていたとしても
賢き者も幸せなる者も　地上に囚われ
ごくささやかなこの恵みを受けとる言葉も知らぬ
富める都会の者らの空虚な園で
彫像も水の流れも　黄昏ていったとしても
異国からの恵みを受けとるための
分別ある言葉を　私は決して見つけられまい

1

白き桶から　陽気に堕ちゆく
黄昏の水のなかにはローマの如きものあり
家々の庭は　ガリアの村々に似て
通りすぎる女もまた　賢げだ
おお！　秘められた楽しみの幾晩がある
幾らかの袖の下とひきかえに　公爵の園の
みずみずしき薔薇を手に入れる晩もある
それが卑しむべき園で育ったものだとしても
また　デカメロンの余分な一日のように
あなたの不名誉な逃亡が記憶に浮かぶ晩もある
三度も葬式に出くわしたから
乞食が陽気に歌っているから

『銀の時代の101人の女性詩人たち』の最初に登場するのが、アデリーナ・アダーリスだ。

ここに訳出したのは、彼女の「日々」という叙事詩の抄訳である。創作年がはっきりしないのだが、おそらく1920年に書かれたものではないかと思う。それは、社会的にはロシア革命後の国内戦の最中であり、また私的には、黒海沿岸のオデッサから首都となったモスクワへ移り住み、その後の人生に大きな影響を及ぼすことになる詩人ワレーリー・ブリューソフと出会う転機の年でもある。しかし、詩を読む限りでは、まだオデッサにいる頃に書かれたものではないかと思う。当時のオデッサは、反革命勢力が破れ、ソヴィエト政権の樹立に至る騒乱のなかにあった。とはいえ、アデリーナは、その後の波乱に満ちた自分の生涯について知る由もない。それでいて、まるで自身の人生を予感しているかのような詩行を残している。そして、その予感の中にこそ、彼女の生と詩に対するみずみずしい感性が反映されているようで、この叙事詩がとても大切なものに思えてくる。長く難しい作品ではあるけれど。

ここに描かれた〈公爵の園〉とは、オデッサに今もある、第5代リシュリュー公爵の別荘だったデュークガーデンではないかと思う。エカテリーナ2世に招かれロシア帝国陸軍大将となったこのフランスの公爵は、みずからの庭園をフランスやイタリアから取り寄せた異国の木々で満たしたという。この詩の不思議な魅力のひとつは、とりわけこのエピローグにも明らかなように、時間や空間の二元性にある。安値で売られる〈埃だらけのすもも〉と並べられるのは、彫像たちが立ち並び、水の流れる貴族の庭園だ。この庭園は歴史がもたらした〈異国〉からの恵みなのだが、かたや、どこの広場でも売られているありふれた〈すもも〉もまた自然の恵み=賜物である。そしてそのいずれをも、受けとるための言葉を知らないと彼女は言う。

アダーリスの人生には常に神秘的な雰囲気がつきまとっている。そもそもロシアでは、彼女は何よりもまずタゴールの翻訳者として知られている。その他にも、ペルシャ語やタジク語、アゼルバイジャン語などの詩を訳していて、彼女の詩集では自作の詩よりも多くのページをこうした訳詩が占めている。また、1930年代には雑誌記者としてウズベキスタンやトルクメニスタンなど中央アジアの各地を取材し、エッセイやルポルタージュを執筆し、自分の創作にも東洋的なモチーフを取りこんでいる。子どもの頃から東洋の神秘性に惹かれ、エレーナ・ブラヴァツカヤやニコライ・リョーリフ（レーリヒ）を読んでいたというアデリーナは、東洋医学やシャーマニズムにも明るかったという。そんな彼女にとって異国とはいったい何だったのだろうか。

3

運命はいくつもの暗き中庭を通って
いくつもの珍しき国がある秘密の園へと連れゆく
そこにはあまたの菩提樹があり　また　小丘の麓の
薔薇たちは　噴水を囲み慎ましく燃えている
私たちには誰しも　恥ずべき悲しみがある

ある朝に　それらを数え上げたなら
散歩にゆけば　彼方よりもさらに奥が見えるし
不可解な詩行も理解できる
そうして　高価なものに心惹かれながらも
私たちは　わずかな金を貯めねばならぬ
やがて　安い小銭のコペイカ百枚と引き換えに
重い銀のルーブル一枚が与えられよう

アダーリスは、１９００年7月13日に当時のロシア帝国の首都サンクト・ペテルブルクに生まれた。生まれた時の名は、アデリーナ・ヴィスコワトワ。父は工場の技師、母はマリインスキー劇場のバレリーナだった。けれども、１９０５年の革命運動に参加した父は逮捕され、シベリアに流刑になる途上で病死、母もみずから命を絶ってしまったという。5歳で孤児となったアデリーナは、母方の親類であるエフロン家へ引き取られ、アデリーナ・エフロンとなった。アダーリスは筆名だ。

幼少期に病気がちだったアダーリスは、穏やかな気候をもとめて、首都から叔母たちが暮らす南のオデッサへと居を移す。そこで、詩人としての時が流れだすのである。革命と戦争が続く激動の時代の中で、孤児であった感受性の強い人は、生きる場所も人間関係もなかなか安定しないのだが、かといって気丈にもなれず、〈いくつもの黒き中庭を通って〉絶望を重ねながらも、筆を離さず命を繋いでいく。そのせいか、彼女を語る言説には、「興奮しやすい」「感情の起伏が激しい」という形容が枕詞のようにつきまとうことになる。

首都で革命が起きた1917年、オデッサの大学では若き詩人たちが詩のサークルを結成し、詩に明け暮れていた。「緑のランプ」と名付けられたこの文学サークルからは、エドゥワルド・バグリツキーやワレンチン・カターエフ、ユーリー・オレーシャといった後の人気作家・詩人たちが登場することになるのだが、ここに加わったアダーリスは、仲間たちとともに貪欲に詩を学び、古典を読み、自作の詩を読み合い、そして辛辣に批評し合った。つまり、若き詩人としての幸福な時間と友人たち（ときに恋人）に恵まれたのだった。常にお腹を空かせていた彼らは、大声で詩を叫びながら徒党を組んで街をぶらつき、お互いを愚弄しあう。「私たちは意地悪で、陽気で、すぐに苛ついていた。空腹に苦しみ、裕福な人たちを妬んでいた」というこの時期のアダーリスの写真はそれでも、後の苦労をまだ知らず健康的にすら見える。

彼らの青春時代は、戦争と革命、それに伴う飢えと困窮に見舞われたが、その心身の空腹を満たしてくれたのは、ただ詩への熱情と詩作の日々の冷めることなき興奮だった。

7

思いがけぬ輝きをもつ別の郷《くに》で
善にも悪にも不慣れな私たちは
自由の身で暮らしながら貢ぎ物は払わず
だが私たちの影は地上を彷徨っている
酔いと毒をいたずらに渇望しながら
意地悪な子どものように地上で暮らしている
別の郷では　私たちは高潔で正しい
行くところどこにあろうと　地上の生を営むのだ
だがときには　高慢なる分身が
夜陰のなかで　地上の分身のために歌い
貯水池のそばのクローバーが薔薇の香を放つ
あなたの生涯ではじめてのことかもしれぬ！

この章で二度も出てくる〈別の郷〉とはいったい何を意味するのだろう？　二元性をもつこのテクストにおいて、世界は〈別の郷〉と〈地上〉という二つの空間に引き裂かれている。少なくとも詩人の意識の中ではそうだ。〈別の郷〉は〈思いがけぬ輝き〉をもち、そこでは〈私たちは高潔で正しい〉。一方、〈地上〉は〈私たちの影〉が彷徨う場所だという。不思議なことに、本当の自分（というものがいるのだとすれば）のほうがどこか別の場所に存在していて、今ここで地上の生を営んでいるのは〈意地悪な子ども〉のような〈影〉だというのだ。さらに、その自分は〈高慢なる分身〉と〈地上の分身〉に引き裂かれていて、前者が後者のためにときに歌う。この「歌う」とは、まさに詩のことだろう。

詩を歌う自分と詩を歌われる自分はひとつの存在の半身だということなのだろうか、そんな疑問が湧き、心がざわついてしまう。だとすれば、詩を歌うということは、引き裂かれた二つの世界をひとつにする行為だと言えはしないか。

神の賜物であるすももが、この地上で埃だらけの売り物となっていても、そのために歌う詩人がいればよい。そうすれば、〈クローバーが薔薇の香を放つ〉ようなことが起きるかもしれない。自分が生きている世界とは、そのようなことが起き得る場所であるし、歌＝詩はそんなふうにして、歴史や人生と一体化し、世界の分裂を束の間であれ解消し得るものだ、アダーリスという詩人はそう考えていたのではないだろうか。

1920年、オデッサにもボリシェヴィキ政権が確立し、若い詩人たちは一人、また一人とこの地を離れていった。アダーリスは首都となったモスクワへと向かう。そこには少女の頃から心酔していた詩人ブリューソフとの運命的な出会いが待っていた。ロシア象徴派は前期（ブリューソフ、メレシコフスキーなど）・後期（ブローク、ベールイなど）と2世代にわたって展開したが、アダーリスは後期象徴派以後の世代よりもさらに若く、彼女にとってブリューソフは決して対等な立場の人ではなかった。けれどもこの大御所の師は、やがて彼女の恋人となり、二人の関係は文学界の注目の的となる。

5

「愛している」の後で　私は少しこう言った
愛が歌っている　私は聴かねばならぬと
愛はいつだか　目に見えぬ薔薇を
温かなベッドの上にまき散らした
そして　秘められた風景を照らしだしながら
愛は永久《とわ》に私を貫いたのだ
なにやら光線のように　でも私はおなじ私
その炎に苦しんでいたとしてもだ
愛はゆっくりと　かつ正確に突き刺し

いまは　妙なる遠方で歌っている
そしてただブナの枝が舞っているだけ
ブロケードの帽子をかぶった頭の上で

1924年にブリューソフが亡くなったとき、すでに彼の愛は醒めていたことを知りながらもアダーリスは棺のそばで詩を読んであげていた。彼女は、人間は死後も40時間、聴覚だけは生きているという説を信じていた。

「日々」はブリューソフと出会う前に書かれた詩だが、その第5章に触れると、彼女にとって愛とは何なのかを考えるきっかけが摑める気がする。1行目では〈私〉が主語となっているのに、2行目になると主語は〈愛〉にかわり、私は愛の歌を〈聴かねばならぬ〉といって、〈愛〉に従う姿勢をとっている。感情的だといわれがちなアダーリスだが、彼女の詩における「愛」は、自分の内から湧き出る情熱といった一般的に想像されるようなものではなく、むしろ自分の外に、まるで他者のようにある。

それはさらに、象徴主義的な高次の世界を思わせるものでもない。すでに述べたように、歌が詩であるならば、歌い手である愛は詩人だともとれる。ブリューソフを読んで恋焦がれた少女は、愛の歌を一心に聴いた季節に別れを告げる刻《とき》を迎える。そうして、恋人の棺のそばで今度は自分が詩を読んであげている、つまり愛を〈歌って〉あげているのである。二人の立場は逆転し、棺に横たわる彼はいま彼女の愛を〈聴かねばならぬ〉。やがて、彼女を貫いた愛はこの地上を去り、〈いまは妙なる遠方で歌っている〉者となる。

ブリューソフの死後、絶望に満ちた彼女は自死しようとしたが助けられて、未遂に終わった。「首を吊りたいのに、不器用で縄がうまく結べない」と手紙で友人に嘆いたという。

絶望を逃れ、生き延びるためか、1925年、アダーリスは新聞記者となって中央アジアへと赴いた。ブハラ、サマルカンド、タシケント、アシガバードなど、ウズベキスタンやトルクメニスタンから発信される彼女のルポは、イデオロギーに染められたソ連的な表象としての東洋ではなく、俗世のリアルな生活が描写された本物の中央アジアだった。東洋をテーマにした詩も書き始め、かつて得意としたエキゾチズムはロマン主義の域を脱して、より具体的な表象へと変化していく。しかしそれは、詩人に良い評価をもたらすことはなかった。

アダーリスは若い時分から気弱で、周囲の期待を裏切ることを怖れ、なかなか詩集を出そうとしなかったといわれている。ようやく1934年になって第1詩集『権力』を出版したが、その評判は芳しくなく、彼女が怖れていた通り「周囲をがっかりさせた」。ただ、先輩詩人のオーシプ・マンデリシタームだけが、「アダーリスの詩の魅力には、ほとんど手で触れることができるし、目で見ることもできる」と称賛してくれた。物質性を重視するアクメイズムの詩人マンデリシタームらしい褒め言葉だ。手で触れられる物質性——ブリューソフとの関係もあって象徴派の流れを汲む詩人とみなされがちだが、他の詩人たちとは異質の魅力を放つ彼女の詩の本質はここにあるといってよいように思う。

この叙情詩「日々」の中でアダーリスは、「彼方（ダーリ）」という語を幾度も用いている。庭園の垣の向こう側の月があるほうに見える〈空虚な彼方〉（2章）、それから〈感謝に満ちた彼方〉（6章）と謳われる遠い場所を詩人のまなざしはいつも捉えている。実は「ダーリ」とは、アデリーナの家庭での愛称でもあった。ここではない遠いところにいる私（ダーリ）——その名に遠い彼方を包み込んで、彼女の影はこの地上の生を嘆きながら詩をよすがに生き抜いた。ふと目を上げると、彼方にいつも見える気がする、そんなとても不思議な人だ。

2　もっとも忘れられた詩人　マリア・モラフスカヤ

（1890−1958?）

幼いアダーリスが移り住んだオデッサには、その頃もう一人、未来の女性詩人がいた。数多の人生の物語に満ちたオデッサは、黒海を臨むウクライナの港湾都市で陽光あふれる温暖な土地。海と太陽の恵みに満ちたこの地では、古代からスキタイ人をはじめとする遊牧の民が馬を駆り、やがて自由貿易港として海路でギリシア人やイタリア人などが、あるいは陸路でオリエントの人びとが絶え間なく行き来した歴史をもつ。人間の移動は文化や物を伴うから、オデッサには多様な言語、文化、宗教が混在し混淆することになった。そんな地で暮らす人びとの中でもっとも多いのがロシア人、そしてユダヤ人、それからポーランド人だ。

マリア・マグダリーナ・フランチェスカ・リュドヴィゴヴナ・モラフスカヤ、この長い呪文のような名が詩人マリア・モラフスカヤのフルネームである。彼女は1890年のワルシャワで貧しいポーランド人の家庭に生まれた。マリアが2歳のときに母が亡くなり、父は再婚、その後、一家はオデッサへと引っ越してきたのである。父を愛しながらも、マリアは実の叔母にあたる継母との仲がうまくいかず、1905年、15歳で家を出ることを決意する。そして単身ペテルブルクへ移り、それ以来、家族との一切の繋がりを失ってしまう。

のちに児童文学者として名を馳せることになるマリア・モラフスカヤは、首都ペテルブルクで16歳にして新聞や雑誌に詩を発表し始めた。この時期、未来派以外の文学グループは、ほぼペテルブルクを拠点としていた。また、銀の時代は、詩人たちが若くして才能を見いだされたことも特徴的だった。徐々に首都の文学人たちと出会い、やがて銀の時代の軸ともいえる後期象徴派の中心人物ヴャチェスラフ・イヴァノフが主宰する文学サークル「塔」や、グミリョフやゴロデツキーたちの「詩人ギルド」へ顔を出すようになっていった。とりわけ詩人のジナイーダ・ギッピウスは、モラフスカヤのことを「たぐいまれな才能の人」と高く評価した。1914年、モラフスカヤは第1詩集『埠頭にて』を出版する。

『埠頭にて』という書名も示しているように、ここに収められている詩は、遠い異国、とりわけ温暖な南の国々への思慕がこめられている。同年に出版されて、モラフスカヤを児童文学者として有名にした代表作『オレンジの皮』も同じように、妹や弟と何年も会えない切ない悲しみを歌ったものだというのに、南の太陽を想起させる「オレンジ」が驚くほど印象的に用いられている。

そもそもモラフスカヤの詩には、遠い異国に対する憧れというよりも、それよりもさらに強い熱情が随所に感じられる。後に遠い南の国で暮らすことになる自分の未来を予感していたのだろうか。それとも、そんなにも強い熱情が彼女を地球の裏側まで運んだのだろうか。それはもはや誰にもわからない。けれども本人は、その性質を父親から受け継いだと語ったことがある。マリアの父は貧しい生活の中にいながらも、常に旅に憧れたり、発明家となることを夢想するような人だったという。

一方で、貧しい生活、母の死、継母との不和、そして家族との別れという経験も深く影を落とし、彼女の詩には、見知らぬ場所への飛翔とともに、常につきまとって離れぬ孤独感と叶わぬ夢への諦念が同時に響いている。

白夜

いちばん近い建物が
霧に煙って遠くなり
いちばんくっきりした塔が

雲に煙って脆くなり
いちばん黒い石たちには
大いなる慈悲が与えられた
まばゆいばかりの蒼となり
空に軽やかに溶けあえと
あの　向こう岸にあるのは
家々　寺院　大工場
それともスミレ色の山並み？
ほんとうなの？　薄紫の
暗赤色と暗灰色に覆われた
変にでこぼこした頂の山々が
見知らぬ郷を見張っている
ネヴァ川は靄に包まれ
ひとつの巨大な海になる
国境も国家も超えた
大いなるネヴァの海は
白夜のときに

しばしの奇跡によって生まれた
煙って蒼ざめて眠たげな
暗赤色と暗灰色の海
空に浮かぶ　妙なる東洋の寺院の
細い塔たちと
狭い塔のモスクたち
そして星の模様の丸屋根たち
神秘的な北方の城と
古びた灰色の要塞
そしてバラ色がかった細い矢の如く
空へと飛びたつ尖塔
いつもいつまでも灰色の
川辺の灰色の段のそばでは
遠い水なき砂漠から来た
厳しいスフィンクスたちも柔和だ
異国の地にいることも
老いた彼らには　もはや悲しくはない

七色に揺らめく暗灰色の霧が
老いた彼らを大事にあやしている

「白夜」（1916）という詩の舞台は、ペテルブルクの夏の白夜の時。白夜は空全体が白く染まるが、日中とは異質な薄ぼんやりとした白さには陽光のような明るさはない。何か幻想的で太陽のもとでは見えなかったものが曖昧ながらも可視化されるような、そんな白い夜となる。そこへモラフスカヤは、霧や靄も漂わせている（この町は実際、霧に包まれる日も多い）。

実は、この詩が書かれた時、ペテルブルクはすでにその名を失っていた。このロシア帝国の首都は、18世紀の初めに皇帝ピョートル1世によって建設された人工都市で、「聖ペテロの都市」を意味する「サンクト・ペテルブルク」と名付けられた。しかし、第一次世界大戦が始まるとドイツ語由来の名はロシア語風に「ペトログラード」と改められ、やがて革命によって「レニングラード＝レーニンの都市」となってしまう。それによって「ペテルブルク」という名は、ソ連崩壊の時まで約80年ものあいだ、過去の首都として歴史のなかに沈んでしまったのである。

しかし、名が変わろうとも戦争があろうとも、白夜も霧も人間の営みには無関心で、相も変わらず街を白く包みこむ。1916年に書かれたこの詩は、そんな淡々とした自然の循環を描くと同時に、失われた「ペテルブルク」の表象ともなっている。ほとんど人の住まぬ沼地に無理やり人工的に造り出された都市は、「一瞬にして生まれた街は一瞬にして消滅する」という幻想を数百年にわたって人びとに与え続け、この街を舞台にした多くの文学作品に独特の幻想性を約束してきた。その幻想の源には、人工物までもがすべて色調を変え、輪郭を失う自然現象もひとつの要因としてあっただろうと思う。

けれどもモラフスカヤの描く白夜のペテルブルクは、この地の原初の風景とはやや異なっている。本来なら明確な輪郭と色彩をもつ美しい風景画のようなペテルブルクの建物群とネヴァ川は、白夜と霧の絵の具に一面塗りこめられ、高層の建物は山々に、川は巨大な海に変身してしまっている。そしてその白色は、〈いちばん黒い石たち〉も〈まばゆいばかりの蒼〉に変えるほどの強度をもっている。

なのになぜか川辺にいる〈スフィンクスたち〉の姿は霧に消えてはいない。それは、人間と動物を半身ずつとし、聖性と怪物の奇怪さをあわせもつこの像が霞まぬほど近くに詩人がいるからなのか、あるいは、詩人自身がスフィンクスの半身となっていて、視点をひとつにしているからなのだろうか。すべてのものが輪郭を失った大都会の霧のなかに束の間の故郷の幻影でも見たのだろうか、すでに年老いたスフィンクスたちはいつもよりも〈柔和だ〉。でもそもそも、なぜペテルブルクにスフィンクスなどいるのだろうか？

ネヴァ川はフィンランド湾へと注ぎこむペテルブルクの大動脈。その川辺に守護神のように鎮座しているのが2体のスフィンクスだ。〈遠い水なき砂漠〉から運ばれてきたこの像は、遥か昔、2千年以上も前に造られたものですでに年老いている。19世紀の初めにギリシアの考古学者アタナシスによって発掘された後、紆余曲折を経てロシア帝国が購入、1832年からこの川を見守っている。異国へ連れて来られたそのまなざしは絶えることなく遠くを見つめている。

永久の〈異国〉であるペテルブルクが、夏の白夜の更けぬ夜に沈みこむと、ようやくスフィンクスたちも眠りにつく。〈七色に揺らめく暗灰色の霧〉が老いた彼らを子どもに還し、やさしくあやして寝かしつけてくれる。〈靄に包まれたネヴァ川〉は〈巨大な海〉となり、彼らの遥か遠い故郷へ繋がる道をひらいてやるのである。

アダーリスと同じく、〈異国〉的なるものはモラフスカヤの詩の特徴であり魅力のひとつだけれど、「白夜」には彼女独自の内なる異国性がよく表れている。そもそも彼女は、ポーランド人としてウクライナに暮らし、ロシア語で執筆した人であり、自身の内部にすでに〈異国〉を内在化している。同様に、ペテルブルクという当時の首都もまた、スフィンクスやモスクを内包する異国性高き地である。この都市が、〈異国〉へと姿を変えるその〈しばしの奇跡〉をモラフスカヤは詩に書き留め、永遠の生を与えようとした。

さらにモラフスカヤは、常に〈異国〉を外にも求めていた。それは、逃れえぬ孤独や自分自身への憐憫から生じた逃避願望のようなものだったのかもしれない。けれども、1916年当時、若い女性が異国を旅することは容易なことではない。彼女は「白夜」と同じ年に「翼の世紀に」という短い詩を残しているが、ここには旅が叶わぬことへの悲嘆が、ほとんど感情的な叫びとして記されている。

翼の世紀に

私は老いるまで生き永らえるかもしれない
でも飛行機の段を踏むことはない
私には経験できないようだ
地球の引力に勝利する日は！
私は老いるまで生き永らえるかもしれない
塔を上から見下ろすことなど　一度たりともなく！

下方で大地が視野から消え去ることもない
エンジンにあわせ心臓が脈打つこともない
雲上に視界が広がることもない
一瞬たりとも地上から離れることはない……
なんという悲しみ　ああ　なんという悲しみ！

モラフスカヤの詩は素直だ。自分の感情を吐露すること、それは彼女の創作の基本的な姿勢である。それこそが社会的に解放されるための手段だと考えていたようだ。クールな芸術性を求める詩人たちのなかにいて、ときに彼女の創作は率直過ぎると批判もされた。しかし、そんな時に彼女はきっぱりと答えている。「女性に私的なことをすべて語らせてほしい。女性にとっては大事なのです、それが解放をもたらしてくれるから。告白的な詩を介して女性たちは一人の人間になるのです」と。

〈翼の世紀〉とは、まさに人類が空を飛ぶ時代を指している。アメリカ大陸でライト兄弟が有人飛行に成功したのは１９０３年のこと。その後、第一次世界大戦では軍用機として使用され始めたが、一般の人びとが飛行機に乗ることはまだ考えられなかった時代。その絶望をモラフスカヤはこの詩で嘆き悲しんでいる。ちなみに、飛行機の〈段〉（＝ステップ）という語は、「白夜」のなかでスフィンクスたちが居る川辺にも登場している。

彼女の〈異国〉への逃避は、単なる別の土地への移動だけでなく、空を飛ぶ飛行機での旅を想定していたようだ。もしかしたら、かつて、旅と発明を夢見る父から〈翼の世紀〉が実現したことを聞いた日があったのだろうか。詩人の想像力は、飛行機のステップを踏んで乗りこみ、エンジンとともに脈が律動し、雲の上から高い塔を見下ろすという、信じられぬほど具体的でリアルなものとなっている。

しかし、ペテルブルクで過ごした10年余りのうちに人気を博し、7冊の本を出版したモラフスカヤのロシアでの詩人としての足跡は、１９１６年を最後に途絶えている。ポーランドの民族自決運動に参加し、１９０５年からはロシアの革命運動にも身を投じた社会主義者だった彼女は、１９１７年の二月革命を機にアメリカへの亡命を決意する。ようやく革命が成就したのになぜ？この亡命の真意については確かなことがいえないのだが、ソ連からの逃避というよりはむしろ、長いあいだ憧れてきたアメリカ大陸へ渡る夢が実現する機会がついに到来したと確信したからではないか、そんな気がしている。

こうして詩人は長い旅に出た。多くの亡命者がそうしたように、日本を経由して憧れのアメリカへたどり着いた（彼女には短い日本滞在の印象を記した日本詩篇もある）。そして、ニューヨークで新聞記者などの仕事を得ながら、女性参政権獲得のために闘っていたアリス・ポールと共に活動し、アメリカの刑務所生活まで体験している。その後、ニューヨークで探偵小説作家と結婚したモラフスカヤは、1930年代に入るとフロリダのレイクランドへ、2年後にはマイアミへ移り住んだ。この結婚は彼女にかなり豊かな生活をもたらしたようで、地元の文化人との交流や南米旅行など、アメリカ生活を存分に謳歌していたという。英語もスペイン語も身につけたかつての詩人は、自由の国アメリカで幸せに暮らしましたと、その人生はおとぎ話のような幸福な結末を迎えたのかもしれない。モラフスカヤは、「1947年6月26日にマイアミで脳出血のため死去」した（とソ連の百科事典には書かれている）。

しかしこの死には後日談がある。後になって、ソ連の著名な児童文学者コルネイ・チュコフスキーが1950年代後半に亡くなったはずの彼女から手紙を受け取っていたことがわかったのである。それには、彼女は南米のチリに暮らし、現地の郵便配達員と結婚していると書かれていた（そのため現在は1958年没という説が有力）。

モラフスカヤが実際にはいつどこで亡くなったのか、どこに埋葬されたのかは今もわかっていない。けれども、飛べないことをあんなにも嘆いた詩人は、地球をぐるりと飛翔して、遠い異国に暮らす言葉の配達人の元へ着地したようだ。まさに〈翼の世紀〉を生き抜いて。

3　戦争と詩を書くこと　アンナ・アフマートワ（1989-1966）

アンナ・アフマートワは20世紀を代表する詩人の一人だ。とりわけ女性の名が少ないロシア文学史の中では、マリーナ・ツヴェターエワと並ぶ大詩人である。その、華やかで才能あふれる美しい女性詩人という印象は、彼女を私から長らく遠ざけていた。けれども、ロシア文学のどの扉を開いてもその名と詩行が姿を見せ、実際には避けて通ることなど難しい。そう悟り、表紙に「アンナ・アフマートワ（1）」と書いた1冊のノートを用意したのはずいぶんと昔のこと。当時の自分が1冊には収まらぬことを覚悟していたこともわかる。

愛を謳う詩人として栄誉も侮辱も存分に受けとってきたアフマートワの名誉回復を行ってきたのは、後の詩人たち、そして読者たちである。その糸は今も切れてはおらず、未来の詩人、そして読者たちへと繋がっていくにちがいない。私もその細い糸の1本を日本語で詩を読む人たちへ繋いでみたいと思った。大きな歴史は終わりを迎えたと思っていた日々はすでに去り、パンデミックや戦争を報じる言葉や映像が毎日当たり前のように目や耳を刺激する。疲弊してしまった私たちの心には詩人の言葉が今こそ必要なのではないか。

だから、詩人の私生活をいたずらになぞることはここではしない。愛の詩の背景に数々の恋愛や結婚や別離があることを強調しない。アフマートワという一人の詩人の声と、100年後のいま・ここで偶然に、思いがけず出会う人がいたなら嬉しく思う。

1914年7月19日の記憶に

私たちは百歳も老いてしまった、それはあのときに
わずか一時のうちに起きたのだ
短い夏は　もはや終わりかけ
鋤き返された野がその身を煙らせていたときに
静かなる道が不意に斑になりはじめ
高く響いて　泣き声が飛び立った

顔を覆い　私は神に乞うた
最初の戦がはじまるまえに　私を殺し給えと
いまはもう余計な重荷であるかのように
うたと情熱の影たちは　記憶から消え去ってしまった
がらんどうと化した記憶に　至高の神は命じた
雷のごとき報せの恐ろしき書物となれと

（1916）

アフマートワは、二つの世界大戦時のそれぞれに、戦争詩と呼ばれる一連の詩を残している。長く沈黙を強いられた後に、権力に利用されるように束の間の復活を果たした1940年代ではなく、ここでは、詩人が、おそらくもっとも自由に創作をしていた革命前の1910年代の詩を見ていくことにしたい。

「1914年7月19日の記憶に」は、第一次世界大戦時にドイツがロシアに宣戦布告をした7月19日（現在の暦では8月1日）をめぐる一人の人間の意志と記憶の詩である。極めて具体的な日付がタイトルになっているが、そもそも、詩の題名によくある「〜の記憶に」という表現は、詩作品がある故人へ捧げられる場合の決まり文句である。だとすると、この詩では、ある現実的な日付、ある一日の「死」が告げられていると考えることができる。

一連目の主語となっている〈私たち〉は、〈わずか一時のうちに〉〈百歳も老いてしまった〉。戦火のためだろうか、広い野の横たわった身体からは煙が立っている。季節は夏の終わり、現代ロシア語の「夏」を意味する「лето」という語は、古くは「年」を意味していた。ロシアの夏の終わりは、束の間の秋とそれに続く長い冬の訪れを意味するけれども、アフマートワという詩人は、第一次世界大戦によって19世紀が終わり、真の20世紀が始まったのだと考えていた。〈私たち〉という主語は、この新しい世紀の到来が、個人のものではなく世界規模で起きたことをよく表している。

この詩の〈私〉は、最初の戦闘が始まる前に、つまり、宣戦布告がなされて、まだ「戦争」で誰も死なぬうちに〈私を殺し給え〉と神に懇願している。だが、この願いは拒まれてしまった。神＝至高の人は、〈雷のごとき報せの恐ろしき書物となれ〉と詩人に命じたのである。ここでは、複数形の〈報せвести〉を綴じた1冊の〈書物книга〉という具体的な形と内容をもつ物が置かれているのだが、「書物を書け」ではなく、〈書物となれ〉という。具体的な物がほとんど登場しないこの詩において、ただひとつ、最終行に確固たるフォルムを見せるこの〈書物〉とはいったいいかなるものなのだろうか？

アンナ・アフマートワは愛と別離を謳う詩人だ。しかし、高い評価を得た第1詩集『夕べ』（1912）と第2詩集『数珠』（1914）によって確立されたこのイメージは、1914年7月19日をもって変化する。〈うたと情熱の影たちは　記憶から消え去ってしまった〉のだから。愛の〈情熱〉を〈うた〉にしてきた詩人の記憶は〈がらんどうと化〉す。その空洞となった記憶にこれから入ってくるのは、戦争をめぐる無数の〈報せ〉。その新しい記憶は1冊の〈書物〉となるだろうと、詩人は神意を介して言うのである。

アフマートワは、最初の夫だったニコライ・グミリョフが率いるアクメイズムという流派に属していた。アクメイズムは、象徴派に敬意を払いつつも、その神秘主義的な世界観を離れ、より明晰な古典的調和性を追求する潮流である。この流派を代表する詩人オーシプ・マンデリシタームは、世界大戦の前に、詩人が語りかけるべきは「神意による語り手」のみであり、それは、時間的にも空間的にも遠い距離を置いていると述べている。日付という一回的な出来事が記憶される、つまり刻印されることでそれは後世にまで伝わるものとなる。その時にこそ詩の言葉は生まれるのではないか。したがって、そこに同時代を生きる具体的な聴き手が確かに存在していたとしても、詩人の言葉を受け取る者は未来にこそ見いだすことができる、詩の言葉とはそのようなものだ。

あなたが生きているのか死んでしまったのかを　私は知らない
あなたを地上に探せるものか
それともただ　夕刻の物想いに
亡き人を偲び　晴れやかに嘆くしかできぬのか

すべてはあなたのため　昼の祈りも
不眠の夜の忘我の火照りも
わが詩行の白き群も
我が瞳に燃ゆ蒼き火事も

私にはこれほど心に秘めた人はいなかった
私をこれほど苛んだ人もいなかった
裏切りで苦しめた人でさえも
愛撫の後に私を忘れた人でさえも

（1915）

この詩は、アフマートワの恋人だった著名なモザイク画家のボリス・アンレップ（1883－1969）に捧げられている。二連目に〈わが詩行の白き群〉という行があるが、〈白き群〉とはこの詩も収められているアフマートワの第3詩集のタイトルで、そこにはアンレップに捧げられた作品が数多くある。彼はこのとき軍人として戦場にいた。

第3詩集『白い群』は1917年に上梓された。この詩集＝書物は、アフマートワの創作における大きな転換点となる。それまでの個人的な愛の抑揚に満ちた詩が、戦争詩というジャンルに開かれて、歴史やロシアの運命というテーマへと変化していくのである。アンレップの従軍、さらには、志願兵として、やはり戦場へと発っていった冒険好きの夫グミリョフ（すでに関係は冷めていたとはいえ）の身を案じるアフマートワの愛や悲嘆は、戦争という悲劇的な経験のなかで私的な出来事から、より普遍性を帯びたものへと生まれ変わっていくのである。

このようなとき〈書物〉（＝詩集）は記憶の場と捉えればよいのだろうか。確かに、書物とはとても不思議なものだ。それは、確かな重みと明確な形をもつ物質であり、それじたいが完結した存在物である。紙という弱い素材でありながら、しばしば一人の人間よりも長く生き、もしかしたら人類よりも永く生きるのかもしれない。人工物であるから、演説の言葉のように高らかに響くこともなく、目の前にいる聴衆にじかに話しかけることもない。筆を走らせ、編集し、印刷し、製本されてようやく完成する〈書物〉は、果たして読者の手に無事に届くのか、そのページは開かれるのかどうかもわからない。それが具現化するときには、〈書物〉のページに並ぶ詩の言葉たちはすでに戦場を離れてしまっている。言葉が〈書物〉というフォルムをもった詩の言葉となるには時間が必要だ。けれども、〈書物〉となった言葉は生き延びる。時間と空間の制約を逃れ、まだ見ぬ未来の読者のもとへと解き放たれるのである。

こうして私（たち）もアフマートワの詩を受け取った。それはずいぶんと前に輝きながら眼の前を通りすぎ、それから力強いロシア語で繋ぎとめ、「女流詩人」とほめそやす者たちを視野の外に追いやりながら、私という未来の読者の内なる記憶の一部となっていった。そして今、これらの詩を再び戦場となった地を案じながら読み返す日が来たことを嘆かんとする私＝読者を戒める。

キーウ

古き都は死に絶えたかのよう
私が来たことが奇妙なほど
己が川の上で　ウラジーミルは
黒き十字架を掲げている

庭々の騒がしき菩提樹と
楡たちは暗く
星々の針のごとき煌めきは
神のほうへと延びている

犠牲的で栄えある我が道を
私はここで終えよう
私とともにあるのは　私に等しきあなただけ
それに私の愛だけ

（1914）

人生の多くをペテルブルクで過ごしたアンナ・アフマートワだが、生まれたのは、オデッサだ。1906年から1910年までアフマートワは、キーウのフンドゥレイ女子ギムナジウム、そして高等女学院（ロシア帝国初の女子のための大学）で学んでいる。キーウにはアフマートワの家系のルーツがあり、当時は従姉のマリア・ズムンチラが暮らしていた。アフマートワが詩を書き始めたのは、まさにキーウだったのである。そして「キーウノート」と呼ばれる詩篇が生まれることになる。1910年にキーウを去って以降、アフマートワは二度とこの地に暮らすことはなかったが、離れてからもこの青春の地を詩に謳い、記憶の〈書物〉に収めている。

「キーウ」という詩は、1914年にこの地で出会った大切な詩人で文芸批評家のニコライ・ネドブロヴォ（1882–1919）に捧げられたものだ。彼は、『アンナ・アフマートワ』という自著の中で、彼女のことをプーシキンの遺訓を継ぐ詩人だと明言し、高く評価している。この批評は若き詩人だったアフマートワにとって非常に重要な意味をもつものとなった。さらに彼は、先ほどの詩が捧げられたボリス・アンレップとアフマートワを引きあわせた人物でもある。アフマートワにとってかけがえのない友人であり、その才能を早くから見抜き進むべき道を示してくれた師でもあったネドブロヴォだが、残念ながら若くして結核のためにこの世を去ってしまった。

第一次世界大戦の最中にペトログラード（ペテルブルクの戦時中の名称）にいたアフマートワは、キーウに暮らす母に会いに行っている（ちなみにキーウは、グミリョフとの出会いの地でもある）。ドニエプル川を見下ろす高台には、ウラジーミル大公が大きな十字架を抱いた像が立ち、町を見守っている。歴史に名高いこの公は、10世紀に、現在のウクライナ、ベラルーシ、ロシアの祖であたるルーシにキリスト教を迎え入れた人物でもある。キーウは、アフマートワの精神性を成す愛と信仰にとって深き縁のある場所であった。

現在、ウクライナとロシアという自分にもっとも近い二つの国が戦争をし、多くの死者が出続けている。家を失い、他国へ避難せざるをえない状況を強いられているウクライナの人たち、もう一方では、厳しい制裁で孤立する中で暮らすロシアの人たち。幻想も比喩も入りえない戦争という圧倒的な現実を目の当たりにしながら、以前のように新聞や本を読むこともできなくなってしまう。

何を開いても戦争を想起させる語が目に入る。戦争の話題でもないのに、話をしながら私たちは「勝利」だの「武器」だのと物騒な語をあまりにも気軽に用い、慣れ親しんでいたことに気づく。こうした「戦争語」が少し前まで安穏と暮らしていた心身に突き刺さってくる。体が「検閲」を開始し、これらの語を拒みだす。安全な場所にいながら傷ついていく情けない自分への課題として、今こそ戦争と詩のことを考えてみてはどうか、戦争という困難な出来事に直面してもなお、詩を書いた詩人のことなら考えてみたいと思った。

繰り返しになるが、アフマートワの中では第一次世界大戦をもって19世紀が終わり、20世紀が始まった。この戦争は、ロシア帝国＝ロマノフ王朝が滅び、やがてボリシェヴィキが政権を取るきっかけとなる。そして、その後のアフマートワ個人の運命も、国家の歴史に翻弄されることになる。1917年にロシア革命が起き、そして世界大戦が終結。21年にはすでに離婚してはいたが、グミリョフが反革命の謀議に加わった廉で銃殺されてしまう。その後も、息子のレフ・グミリョフの4回の逮捕、流刑が続き、アフマートワの心は鎮まるときがない。かたや、スターリンの粛清に第二次世界大戦、その際のレニングラード封鎖など、国家の運命も鎮まることがなかった。

そして100年後のいま、私たちはこんなにも切実に「キーウ」を感じることになる。彼女が遺した〈書物〉は、自分が生きたあの時間、あの場所にいる誰かへの呼びかけのように見えながら、詩人が世を去って半世紀以上も経ってから、異国の読者にページを開いてくれた。さまざまな〈報せ〉は記憶の部屋に保管され、〈書物〉となって読者に引き渡されるときを待っていた。アフマートワの代表作『レクイエム』が出版を許されず、書き留めることさえ危険だったゆえに、人びとの記憶に委ねられ、半世紀後に記憶の扉を開いて世に出てきたように。

戦争は常に世界を暴力的に終わらせる。私たちは、ましてや戦地の人びとはもう戦争以前の世界に戻ることはできない。逮捕された息子の安否を知ろうと居ても立っても居られずKGBビルの前に並ぶ母や妻たちの行列に並んでいたアフマートワにある人が問いかけた、「あなたはこれを書けますか」と。詩人は今も「はい」と答えてくれるにちがいない。どんな言葉も軽く浅く、何も言い得ないように思えて茫然としている私たちにも。

4　詩は私の祈りである　ジナイーダ・ギッピウス（1869-1945）

1冊の書物となることを神に命じられた詩人アンナ・アフマートワの生きた時代は、詩集とは単に詩を集めて綴じた本ではなく、現代と同じく、ある世界観の具現であった。しかし、アフマートワよりも上の世代であるジナイーダ・ギッピウスの時代は、詩集に対するこの価値観がまだ定着してはいなかった。そのためだろうか、自分の詩集＝詩を集めた1冊の書物を作ることに、ギッピウスはなぜだか強い違和感を語っている。

19世紀末から20世紀初頭の、大きな時代の転換期に生きたこの詩人は、「デカダンのシンボル」「小悪魔」などと呼ばれながら、その繊細すぎる感性を手放すことなく、自己嫌悪と自己愛に苛まれ、ときに疲弊しながらも、やがて来たる銀の時代へと扉を開いてくれた。ロシア前期象徴派のまさに第一人者であり、夫のドミトリー・メレシコフスキーとともに、その存在なくしてロシア文学におけるモダニズムの時代を語ることはできない。
やはり前期象徴派を代表する詩人、インノケンチー・アンネンスキーは、ギッピウスの第1詩集『詩集　１８８９－１９０３年』（１９０４）について、「ロシア文学におけるモダニズムの15年間の歴史が凝縮されている」と感嘆した。19世紀に小説のジャンルでドストエフスキーやトルストイといった大作家たちを輩出したロシア文学は、20世紀初頭に詩の復興によってモダニズムの時代を迎えることになったのである。

早熟で神秘的なイメージをギッピウスにもたらしているのは、彼女が11歳の少女だった頃にインスピレーションを得て一気に詩を書きあげたという逸話や、文学界の主人役を務めながら多くの若い詩人たちを見いだし、育ててきた半面、辛辣で高慢な人だという評価が彼女の真の姿を捉えにくいものにしているからだろう。

献詞

天は物憂げにして低い
　だが私は知っている、わが精神は高いと

私とあなたはこんなにも奇妙なほどに近しい
　そしてどちらも孤独だ

わが道は容赦なく
　私を死へと導く
だが私は神を愛するが如く己を愛している、
　愛はわが魂を救うだろう

もし私が途上で疲れ、
　意気地なく愚痴をこぼしはじめたとしても、
もし私が己に反旗を翻し
　あえて幸福をねがったとしても

霧に煙った困難な日々に
　永久に私を棄てたりしないでくれ
お願いだ、か弱き弟を
　慰めてくれ、どうか、抱きしめてくれ

私とあなたは唯一の近しき仲
　私たちは二人で東へと向かっている
天は他人の不幸を喜び　そして低い
　だが私は信じている、我らの精神は高いと

（1894）

「献詞」と題されたこの詩が、誰かに捧げられた作品だということはわかる。そもそも詩というものが、多くの場合、他者（あるいは自分自身）へ手向けられるものだとすれば、具体的な人物名を出さず、書物の儀礼であるかのように思わせるこのタイトルにはいささか戸惑いを感じてしまう。一方で、宗教思想家で宗教哲学協会の創設者でもあったギッピウスの思考と創作においては、信仰と知は常に切り離せぬものとしてある。したがって、この詩の〈あなた〉と呼ばれる存在は神とも捉え得るのだが、そのあまりにも親しげで対等な態度への驚きから二度、三度と後戻りして読み返してしまう。献詞とは神への語りかけのことなのだろうかと。

雑誌「北方通報」は1890年代、デカダン派の文学者たちの主要なメディアであった。その雑誌の1895年3号に発表されたこの詩は、それまでおもに短編小説の書き手として知られていた作家ジナイーダ・ギッピウスが、才能ある詩人として認められることになった作品であり、当時はスキャンダルにもなった。それはなぜだろうか？

この詩はロシア語のオリジナルで読んでも、語り手の〈私〉、そして作者が女性であるとはわからない。ロシア語は形容詞や動詞の過去形を用いると言語上のジェンダーが明確になるが、ギッピウスはこれをすべて巧みに回避している。したがって、作者についてあらかじめ知らされていなければ、ただでさえ女性詩人が少ない当時の状況からすればなおのこと、男性の作品だとみなされる可能性が高くなる。

さらにこの詩には、それがスキャンダルの種となったわけだが、〈私は神を愛するが如く自分を愛している〉という1行があり、そのあまりにも大胆な高慢さと自尊心の高さが当時としては無意識に男性作者を想起させたのだと考えられる。加えて、自身のことを〈か弱き弟〉と呼んでいる1行が読み手を絶対的に欺く仕掛けとなっているのである。

私たち詩を読む者は、たいていはとても無邪気に詩人たちの言葉を信じる。詩のテクストでは、現実よりも容易に、ただ1語だけでジェンダーを決定することもできるし、曖昧にしたままにもできる。それが、ギッピウスという人が詩を愛した大きな理由のようにも思えてくるし、男装を好み、いくつもの男性名の筆名を用いた詩人と詩の言葉との融和点だったのではないかと考えてしまう。

「献詞」にはよく知られた逸話がある。批評家のピョートル・ペルツォフが、ある時、友人であるメレシコフスキー宅へ立ち寄った。彼はメレシコフスキーの書斎で一篇の詩が書かれた紙を手渡される。そこにあったのは、〈天は物憂げで低い……〉と始まる詩行だった。その斬新な文体の詩に驚くペルツォフに、メレシコフスキーはなかなか作者の名を告げようとしない。メレシコフスキー自身の筆でないことは明らかだ。しかし、まさか妻のギッピウスのものだとは思いもしなかった。このときのことについてペルツォフは、それ以前の彼女の詩にはこれといった特徴もなく、その詩才について考えたことがなかったからだと後に回想に記している。

だがそれ以上に、多くの詩人たちの作品を読んできたペルツォフでさえ、この詩は男性が創作したものだと最初から疑わなかったのではないか。こんな斬新な詩は女性の手によるものではないという無意識の先入観があったからではないだろうか。そしてそんな時代だったからこそ、ギッピウスにはこの詩を書く必要があったのではないか。

うた

私の窓は大地のうえ高く
　大地のうえ高く
私に見えるのは夕焼けの空ばかり
　夕焼けの
そして空は空虚で蒼白
　ひどく空虚で蒼白い……
それは哀れな心を憐れみもせず
　私の哀れな心を
ああ、狂おしい悲しみに私は死にそう
　私は死にそう
私が知らぬものを目指している
　私が知らぬ……
この欲望がどこから来たのかは知らぬ
　どこからやって来たのやら
だが心は奇跡を欲し、乞うている
　奇跡を！
おお、ないものよ　未来にあれ

いまはなきものよ
蒼白き空は私に奇跡を約束してくれる
　それは約束してくれる
だが当てにならぬ誓いのことに涙なく泣いている
　当てにはならぬ誓いのことに……
私に必要なのは、この世にないもの
　この世にないものだ

（1893）

「献詞」の前年に書かれた「うた」も第1詩集に収められている。この詩行からは、「献詞」に至る前のギッピウスの詩人としての思想を読み取ることができるように思う。アダーリスの回ですでに紹介したブリューソフは、ギッピウスの詩の崇拝者だったが、彼は彼女の詩行に、不自由さを感じ囚われの身であるかのような魂と、そこに巣食う複雑な感情が見事に表象されていることを見抜いていた。ブリューソフがいうように、ギッピウスの詩は散文作品に比べるとより私的で、恐怖や絶望といったネガティヴな感情から逃れることのできない自分自身へ向けられている言葉のようにもみえる。

アフマートワの詩が、いかにも私的な言葉のようでありながら普遍的な記憶へ、未来の書物へ、まだ見ぬ読者との対話へと向けられたのに対し、ギッピウスはただひたすらに自分の内なる自己を見つめている感がある。それは、ロシアの前期象徴派に特徴的な個人主義、デカダン的なものであるが、その中でも、精神の私的な領域の言語化を追求する姿勢においてギッピウスという詩人は群を抜いている。〈私の窓は大地から高いところにある〉という1行からもわかるように、自分とは、他の人とは異なる世界を見る者であり、天の低さも蒼白さも知る者だ。ギッピウスの空はいつも低く、〈わが精神は高い〉、つまり、天と地の距離は近い、その狭間に彼女は生きている。

小説や批評などさまざまなジャンルを横断するギッピウスにとって、つまるところ詩とは何だったのか。それは、言葉による音楽であり、祈りを魂で受け取るための形式であった。けれどもその祈りは、地上の自分から天上の神への一方的な祈りでは済まない。〈愛はわが魂を救うだろう〉と神の愛を求め、〈困難な日々に／永久に私を棄てたりしないでくれ〉、〈か弱き弟を／慰めてくれ、どうか、抱きしめてくれ〉と、神もまた同じだけの愛を〈私〉へ差し向けるよう要求するのである。

「うた」においても、〈私に必要なのは、この世にないもの〉と言い、自分の望みがこの世の力では叶えられぬことを知り、神へ訴えかける。こうした欲望は冒瀆的で傲慢だが、それでも死の影を見る悲観的な詩人の魂は、こうした直接的な愛に依らなければ救われないことを知っていたのである。

第1詩集の序文でギッピウスは、「現代の詩人は、詩の形式で祈る」のだといい、どんな神でもかまわない、うまくいかなくてもいい、その瞬間の自分の言葉で祈ることが詩作なのだと断言している。だから、地上の誰かに理解されなくてもいい、「私の祈りを理解してくれる人が一人でもいるとしたら、その人は、はっきりとしない霧にかかったような悲しみを通してであっても、私の祈りをわかってくれることだろう」と想像をめぐらす。その上で、「でもそんな人がいるのだろうか？　奇跡はあるのだろうか？」と独り言のように問うのである（序文にもかかわらず、このテクストもまた祈りのようだ）。「うた」でもまた、〈この欲望がどこから来たのかは知らぬ〉が、〈心は奇跡を欲し、乞うている〉と強く強く奇跡を求めている。

そうしてギッピウスは、自分の詩は他人にとって必要なものではないし、詩集という1冊の書物に並べられる意味がわからないのだという。そこにあるのは、初めての詩集が出る喜びではなく、ただ戸惑いだけだ。同時代の詩人の詩集など必要だろうか、現代的なこととは一時的なことなのだから、書物にして未来へ遺す意義などあるのだろうかと。

こうしてみると、詩集という物がもつ意義は、時代によって変化するだけでなく、詩人たちの置かれた状況によっても変わることがよくわかる。同時代に詩を発表することを権力によって阻まれたアフマートワ、かたや、詩を朗読できるサロンの主人であったギッピウス。この二人にとって詩集がいかなる物であるかを同じ視点から語ることはできない。

にもかかわらず、アフマートワにとっての詩集＝書物は、まさに〈ないものよ　未来にあれ〉と謳ったギッピウスの求めたそれではなかっただろうか。詩作という営為が祈りの場の創出となるのならば、母たちの祈りを記憶に記録し、今はまだ生まれえぬ未来の書物という〈奇跡〉へ託したアフマートワは、「すべての詩は祈りである」と言い切るギッピウスの主張にきっと深く同意することだろう。二人の詩人が願った〈奇跡〉は起きたのだから。

5　二つの魂を生きて　チェルビナ・デ・ガブリアック

（1887-1927）

最初に、同時期に生きたある二人の女性詩人を紹介したい。

まず一人目は、チェルビナ・デ・ガブリアック。20世紀初頭のロシア文学界で大センセーションを巻き起こした著名な詩人。ロシア人らしからぬ名をもつ彼女は、ペテルブルクでヴャチェスラフ・イヴァノフが主催するシンボリストたちのサークル「塔」へ参加し（ここへはイヴァノフのお眼鏡に適った者しか出入りできなかった）、アンナ・アフマートワの夫で詩人のニコライ・グミリョフが率いていた雑誌「アポロン」で紹介されるやいなや、そのエキゾチックな名と不遇な境遇、真の姿がわからぬがゆえの神秘性、さらに、深い悲しみのヴェールをまとったような深淵な詩で読者を瞬く間に魅了したのである。

そしてもう一人は、エリザヴェータ・ドミートリエワ。彼女は、ペテルブルクの貧しい貴族の家に生まれたが幼くして父を肺病で亡くし、自身も肺や骨の結核に苦しみながら子供時代を過ごした。大人になってからも病の後遺症が残り、いつも足を引き摺って歩いていたといわれている。それでも女子教育大で学び、ロシア文学の教師として働きながら詩作を行った大変な努力家だ。ドミートリエワは、チェルビナ・デ・ガブリアックよりも早くから「アポロン」に詩を送っていたが、編集担当だったセルゲイ・マコフスキーは、足を引き摺って歩く、この冴えない女性詩人の作品に目もくれなかった。

1781年に死んだ女へ

私のなかには他人の夢が棲んでいる
死んだ若い女の夢が
そして磔にされた者の貌が　狂気で脅しながら
十字架の上から見つめている
黒ずんだ唇は憤怒している

彼は忘れてはいない、似たような顔だちに

鉛よりも重き欲情の痕と
ナザレの男の子《おこ》への
果てなき怖れと衝動を
　どこかで見たことがあることを

私の声は　彼女の愛の残り火を隠しつつも
炎のごとく歌っている
私の眼のなかで　彼女は燃え盛り
狂気の旗を受けとるのを待っている
その罪の最後の賜物を

（1909）

チェルビナ・デ・ガブリアックの詩「1781年に死んだ女へ」は、1909年の「アポロン」第2号に、他の詩作品とはやや異なる形で掲載された。まえがきでも触れたクリミア在住の詩人で批評家のマクシミリアン・ヴォローシンによる「チェルビナ・デ・ガブリアックのホロスコープ」という小論のなかで、引用のように彼女のいくつかの詩が紹介されたのである。異国の名をもつこの無名の詩人は、ヴォローシンの言葉に優しく抱かれ、生まれたばかりの赤ん坊のようにペテルブルクの文壇にお目見えしたのだった。

今われわれは新しい詩人の揺りかごのそばにいる。これはロシア詩における捨て子だ。誰の仕業かわからないが、柳行李がアポロンのポーチに置かれていたのだ。赤ん坊は、「Sin miedo（恐れずに）」（スペイン語）というトレドの銘が書かれた繻子の刺繍の紋章入りの薄いバチストの産着にくるまれていた。枕元にはサトゥルヌス（ローマ神話の農耕の神）に捧げるヒースの枝と、「ヴィーナスの涙」と呼ばれているシダの束が置いてあった。黒い断裁面のあるメモには、急いで書かれたとおぼしき細い女性の筆跡で、「Cherubina de Gabriack. 1877. Catholique（チェルビナ・デ・ガブリアック、1877. カトリック）」と書かれていた。

アポロンは新しい詩人を養子に迎えようとしている。

ヴォローシンのほかに、この異国の詩人をじかに知る者はいなかった。古代ギリシアのアポロンの神殿のポーチに捨て置かれていた赤ん坊とは、いうまでもなく「アポロン」誌に拾われた新しい詩人の比喩である。さらにヴォローシンは、この子の揺りかごの上に広がる空では、美と愛を物語る金星《ヴィーナス》と、宿命的な悲しみを示す土星《サトゥルヌス》がひとつになっている、つまり、魅惑的な情熱と悲劇的な運命をあわせもつ星の下に生まれた子なのだと言い添えている。編集人のマコフスキーのもとに届くガブリアックからの手紙には差出人の住所は記されておらず、当初はその存在すら疑わしかったのだが、一度電話で会話する機会を経て、ようやく実在の人物だと信用されたのだった。

この時すでに32歳だったはずのチェルビナは、非常に敬虔なカトリック教徒の家に生まれた。父はスペイン人で、母はロシア人。修道院で教育を受け、厳格な父は毎日欠かさずその日の出来事を娘に報告させていたという。その不自由な生活のなかでチェルビナが外の世界と交流する手立ては文通しかなかった。

新しい詩人をめぐるこうした神話性に満ちた紹介は大いに功を奏し、チェルビナ・デ・ガブリアックはたちまち時の人となった。「アポロン」のその後の号には、チェルビナの詩が13篇も掲載されている。彼女の詩は、まるで傲慢な古代の女の魂が詩人の身体を乗っ取り、人知れず潰えた自分の宿命を代筆させようとしているかのようにもみえる。ギッピウスの詩行と同じく、ここでもまた、〈ナザレの男の子《おこ》〉への冒瀆的、かつ犯罪的な愛が大胆に告白されている。けれども、幽閉された修道女のように育てられたチェルビナの内には、ギッピウスとは異質の神への激しい愛が燃えていた。

だが、その後、詩人のミハイル・クズミンが、チェルビナの電話番号が、自分たちの仲間の一人であるエリザヴェータ・ドミートリエワのものと同じであることを突き止めたのだ。すでにチェルビナのことを、まだ会ったこともないというのに真剣に愛するようになっていたマコフスキーはなかなか信じようとしなかったが、やがてそれが真実だと認めざるをえなくなった。その際のドミートリエワに対する彼の落胆の言葉は罵倒にひとしく、あまりにもひどく身勝手で、ここで繰り返す気にもならないほど悪意に満ちたものだった（彼はただ美しい詩人の幻影を愛していたというだけではないか）。

チェルビナ・デ・ガブリアックという詩人は、ドミートリエワがクリミアのヴォローシンの家を訪ねた際に二人で考案した架空の人物であった。ドミートリエワは大学で中世史や中世フランス文学を学び、フランス語とスペイン語ができたため、彼女の教養と詩才にエキゾチックな西洋の女性の仮面をつけて文壇へ送り出そうということになったのだった。そうしなければ、彼女の詩はマコフスキーに受け入れられず、世に出ず仕舞いだっただろう。二人によるこのミスティフィケーションの試みは、詩人を世に出すという意味では大成功を収めたが、結果として周囲の大きな失望を生むことになった。

こうして、アポロンの捨て子として拾われた魅惑に満ちた女性は、偽りの名を奪われ、エリザヴェータ・ドミートリエワというロシアの詩人へと戻っていく。いったい、詩人とは誰のことなのだろうか？　詩人の身体や名や生い立ちは、確かに、その創作と分かちがたくある。けれどもそれは、誰のためのものなのだろうか？　読者や編集人の熱情のためなのか？　作品の雰囲気に「見合った」魅力をもたぬと責められる女性詩人の才能は、いかにして発揮すればよいというのか？

正体が明かされると、ドミートリエワにはありとあらゆる批判が降り注ぎ、彼女の心はぼろぼろに傷ついてしまった。さらに、ヴォローシンと、かつての恋人ニコライ・グミリョフがドミートリエワをめぐって決闘するというスキャンダルまで起き、以後、彼女は長く口をつぐむことになる。

そうした雰囲気のなかでドミートリエワの日々が心穏やかであったとは想像しがたい。常に消えぬ彼女の魂の懊悩は、その詩行のなかにはっきりと表現されている。ここでは私が鏡詩篇と呼んでいる作品群のなかの一篇をご紹介しよう。実はドミートリエワの詩には〈鏡〉がよく登場する。この詩は創作年がはっきりしないが、チェルビナ・デ・ガブリアックの誕生直前に書かれたものではないかと思われる。

鏡のなかを見よ
見るのだ、目をそらさずに
そこに　おまえの顔はなく

そこには、鏡のなかには　生きた
もうひとりのおまえがいる

……黙っていろ、喋るな……
見ろ、見るのだ、悪意と恐怖のかけらが
きらめく嘘が
おまえの姿を塵から創り出したのだ
そうしておまえは生きているのだ

そうしておまえは生きている、動かずに聴け
あちらがわ、鏡のなかの、その底には
水中庭園、真珠の花たち……
ああ、うしろを見るのじゃない
ここでは　おまえの日々は虚しく
ここでは　おまえのものはすべて壊されるだろう
おまえは　鏡のなかで生きてゆけ
ここにあるのは嘘ばかり、ここにあるのは

肉体の幻影ばかり
束の間　噴水のダイヤモンドに火をつけるのは
偶然の光の条……
愛　――ここには　愛などない
自分を苛むのじゃない、苛むな
目をそらさずに　見るのだ
おまえは鏡のなかで　生きているのだ
ここではなく……

ドミートリエワは、わずか1年足らずのガブリアック時代にも、それ以降にも〈鏡〉をモチーフにした詩をたびたび執筆しているが、どの作品においても、〈おまえ〉(時には〈彼女〉)と〈私〉が鏡のあちら側とこちら側にいて互いを見つめている。一人の人物の実体と鏡像による視線の交差の様子は複雑に表現されているが、一貫しているのは、こちら側にいる実在の自分ではなく、〈鏡〉のなかの〈きらめく嘘〉が〈塵〉から創りだした〈おまえ〉に存在の権利を与えようとする揺るぎない意思である。

彼女の詩に通底している、別の誰かの魂が生きており、自分は流浪の身であって定住先などないという意識は、〈鏡〉のこちら側＝今・ここにいる自分の生を真の存在にしようとしない。それは、あくまでも魂の生を希求するという詩人の自分自身に対する態度のせいかもしれない。だとすれば、囚われの身にありながら魂だけで神を激しく愛し、その深い精神的な深淵を詩に綴ったチェルビナ・デ・ガブリアックという女性を、エリザヴェータ・ドミートリエワといかにして分かつことができるのだろうか。この疑問に答えられる者は果たしているのだろうか。

1911年、ドミートリエワは、土地改良技術者のフセヴォロド・ヴァシリエフと結婚し、夫の姓に変更した。エリザヴェータ・ヴァシリエワとなった詩人はカザフスタンに移り、そこで神智学に没頭するようになる。数年後には詩作も再開するが、より宗教的で、詩人自身の求道者としての姿が反映された作品となっている。そもそも創作の初期から見られた、生と死、身体と精神、存在とは何かといった問題をめぐる思索の継続でもあり、彼女の詩が哲学的と言われる所以でもある。

ロシア革命後の1921年、貴族の出自をもつ彼女は夫とともに逮捕され、ペトログラード（現在のペテルブルク）から追放される。その後、自由の身となるも、1926年頃からは神智学に対する弾圧も始まったために、1927年には再び逮捕され、ウズベキスタンの首都タシケントへ3年間の流刑となった。

そうした慌ただしい移動の中で、エリザヴェータの生活はあまり安定したものではなかったと推測されるが、どこに居ようとも常に何かしら文学に携わっていた。地方都市で子ども向けの芝居の脚本を書いたり、スペイン語やフランス語の翻訳を手掛けたり。はたまたタシケントでは、Ли Сян Цзы（なんと発音するのか私にははっきりわからない、勝手に想像で李湘子という漢字をあててみた）という中国人の筆名を用いて詩を書いてもいる。

このエピソードには、チェルビナ・デ・ガブリアックのときと同じく「共犯者」がいる。エリザヴェータが晩年親しくしていた東洋学者のユリアン・シチュツキーだ。エリザヴェータの身を護るためでもあっただろうが、二人は、「人間の魂の不死を信じたがゆえに異国へ流刑となった中国の思想家」という人物像を創りだし、この東洋の詩人に「梨木の下」という7行詩シリーズを書かせている。クリミアでヴォローシンとたくらんだミスティフィケーションといい、エリザヴェータという人は、自分の中のもうひとりの詩人を具現化することによほどの愛着があるようだ。しかし具現化といっても、その姿は詩という形式をもつ言葉だけの存在である。しかし、実体が鏡像に存在の権利を譲渡するかのような彼女の鏡詩篇を思いだせば、詩となって姿を見せる中国の詩人もまた、エリザヴェータと分かつことのできぬ人なのである。

ガブリアック、ヴァシリエワ時代含め、ドミートリエワの詩をすべて収集し、彼女の書簡から、この詩人の伝記を執筆したのは伝記作家のエヴゲーニー・アルヒッポフだ。1926年秋に彼に宛てた私信のなかでエリザヴェータは、「『告白』は、私が生きているうちは誰にも見せないでください、死後はどうでもかまいません」と前置きしてから、自分の人生を振り返っている。この手紙には、彼女のとても素直でシンプルな思いが告白されている。

私にとってこの世界には常にもっとも聖なる二つのものがありました。それは、詩と愛です。

この手紙の1年後、流刑先のタシケントでエリザヴェータは41歳で病死した。ボトキン墓地にあった彼女の墓は、現在その場所に見あたらないという。チェルビナの真相が綴られた『告白』が出版されたのは、それから70年以上も後の1999年のこと。一人の詩人のなかに二つの魂が息づき、互いを深く愛している、それがひしひしと伝わってくる大切な1冊である。

6　私の身体は私のもの　マリア・シカプスカヤ（1891-1952）

私の初めての本が出ました、私にとっては思いもよらぬ成功です。あなたにこの本をすごく送りたいのです。私の最初の師であるあなたに

1921年12月9日付けの手紙で、詩人マリア・シカプスカヤはクリミアにいるヴォローシンにこう喜びを伝えている。チェルビナ・デ・ガブリアックを世に出したヴォローシンは、ほんとうに数多くの詩人たちにとって身内のような存在だったようだ。

マリア・シカプスカヤの詩人としての活動はわずか15年、ロシア革命後の1925年からは詩作をやめ、ジャーナリストとして活動している。彼女の3人の子どもたちも、母がかつて有名な詩人であったことを知らず、母の死後になってようやく知ったのだそうだ。子どもたちにも語らぬほど

きっぱりと詩作と決別したのはなぜなのだろう。それすら語らぬまま去ってしまった詩人に、違う時代の違う国で思いを馳せることなどできるのだろうか。そもそも詩人であることをやめるなんてできるのだろうか。手掛りは残された詩の中にある、そう信じてみていくことにしたい。

銀の時代の詩人の中でもひときわ個性的な彼女の詩は、ほとんど「未来的」と言ってもいいほど。現在のロシアでもここ数年で成熟してきた21世紀のフェミニズム詩の作品だと言っても誰も疑わないのではないかという気さえする。その作品は当時、「月経詩」などと揶揄されもしたが、それまでの詩人たちが触れることのなかった女性の身体の痛みをストレートに、そして豊かに表現するものである。シカプスカヤの主題は、初めての性行為、そして月経、中絶の痛み、それから子を亡くした母の悲しみである。

私の体には入口がなかったから
黒い煙が体を焼きひらいた
人間という種の黒い敵は
獰猛に私の体に覆いかぶさっていた

そしてそいつに、傲慢さをしばし忘れ

私は最後まで血を与えた
親愛なる顔立ちをした
息子の誕生という希望のためだけに

（1921）

初めての性行為を描いたこの詩は、あまりにも大胆な言葉たちにどきまぎしてしまう。子どもが欲しくて〈獰猛〉な〈黒い敵〉に身を任せている〈私の体〉には〈入口〉がないというのだ。だから〈黒い煙〉に〈焼きひらかれ〉なければならず、その痛みは耐えがたい。けれども、獰猛な男に血を与える代償として可愛い息子に会える、その〈希望のためだけに〉激しい痛みに耐えたのだと。

ちなみに、ここで〈焼きひらいた〉と訳出した動詞палитьは、「焼き焦がす」という意味のほかに「発射する」という意味もある。そのためか、シカプスカヤの詩は、ポルノグラフィックだと批判されもした。しかしそうだろうか。むしろ逆ではないだろうか。性的な含みをもつはずの語が、彼女の詩においては、相手の人間性があまりにも削ぎ落されているためか性的に感じられない。エロティシズムは〈息子の誕生〉へと向けられている。行為の相手は男性ですらなく、痛みをもたらす何かに、エロスは、自分の体の上にいる性行為の相手ではなく、〈息子〉を授けてくれる高次の祈りとなっており、それが読む者に衝撃を与える。

20世紀初頭のこの時期、女性たちはそれぞれに、女性であることや自身の身体のことを謳ったが、シカプスカヤほど直截的に「痛み」に言及した詩人は少ない。それもあってか、同時代人たちによる彼女の評価は明確に二分されている。象徴派の重鎮ワレーリー・ブリューソフは、「いうまでもなくシカプスカヤの詩はよくない。これは詩というよりは私的な日記のページ」だと言ったといわれる。ブリューソフのこの言葉には、詩とは、「私のからだ」のことではなく、より普遍的なものであるべきで、例えば、ギッピウスの詩行のように、形而上学的、精神的な高みを目指すものなのだといった芸術に対する古びた先入観を見ることができる。「処女」膜が破れて痛いなどという女性の「私的」なことは、創作においてのみならず、日常生活においても黙っているべきだという社会通念もそこにはある。

しかし、彼女を高く評価した人たちも多い。ソ連の代表的な作家となったマクシム・ゴーリキーもその一人だ。彼は、「あなた以前の女性は、こんなにも大きな声で確信をもって自分の意義を語りはしなかった」と、シカプスカヤに直接手紙で伝えているし、宗教哲学者のパーヴェル・フロレンスキーに至っては、「ツヴェターエワに比肩する詩人で、アフマートワよりも上だ」とも評価している。彼の神学者としての偏見はあるにしても、この評価は大変興味深く思える。

そう、それが必要だった……

獰猛なハルピュイアどものための餌があった
そして体はゆっくりと力を失っていき
クロロホルムが気を鎮め、寝かしつけた

私の血は流れていた　乾いて固まることもなく
前回のように嬉しくもなく
そのあとも私たちの困惑した目を
空っぽの揺りかごは喜ばせはしなかった

再び、異教徒のように我が子の命と引き換えに
われわれは人間の生贄を捧げている
だが汝は、おお、神よ、汝は死者らの中から
赤子の骨が割れるこの音に応えて立ち上がることはない！

（1921）

この詩は、冒頭でご紹介した詩と同年に書かれたもので続編と考えればよいのではないだろうか。
ここで〈必要〉だという〈それ〉とは、中絶手術を指している。ギリシア神話の〈ハルピュイ

ア〉は、女性の顔と鳥の身体をもった怪物で、鋭い爪で死者の魂をつかみ冥府へと連れ去っていく。中絶は、このハルピュイアへの〈餌〉やりに喩えられ、次の行では主語となった〈体〉が麻酔によって〈力を失ってゆく〉。またもや〈私の血は流れてい〉たが、先ほどの詩では息子を宿す希望があったというのに、今回の出血はその喜びもない。〈目〉は〈空っぽの揺りかご〉を悲し気に見ている。

シカプスカヤにとっての愛は、詩の中では常に子に捧げられている。他者との真の深い関係は、子どもとの間にだけあり得るものだと彼女は考えていたようだ。大人は愛の対象とはならない、とりわけ男性は、痛みをもたらす存在でしかない。性行為や中絶の痛みはすべて男性によりもたらされるのだからと。

この詩では、生まれることなく彼岸へと旅立った我が子への想いが吐露されているのだが、そもそも、この詩が収められた彼女の第1詩集『Mater Dolorosa《マーテル・ドローローサ》』（1921）全体が、生まれなかった子に捧げられた特異な1冊となっている。「マーテル・ドローローサ＝悲しみの母」というタイトルは、磔刑となった我が子イエスを思う母マリアの悲しみの詩を指している。みずからを聖母マリアになぞらえ、会うことも叶わず天に召された子をイエスになぞらえようとする詩人の意図はおそらく、母子の関係を父や夫といった大人の男性が介在しない母と息子の純粋な関係に昇華させることにあったようだ。彼女の理想は、聖母マリアの処女懐胎であり、たとえ詩の中だけであろうとも、それを実現しようとしたのではないかとも思えてくるのである。

そんなシカプスカヤが詩を捧げる唯一の男性がいる。それは、神である（神が男性なのかという問題はあるけれども）。しかし、その関係は複雑で、やはり私たちの想像を超えている。先に訳出した中絶手術についての詩においても、最後の連で神は責められている。死者たちの中にいる神には生の苦しみなどなく、したがって、子を喪う悲しみとも無縁だろう、自分たちが苦悩するこちらへは来ないのだからというのである。詩人にとって神は、懐胎をもたらす力であると同時に、中絶の痛みと流血をもたらす者でもあって、その点で、まさに地上の男性と重なっている。そして、その未来での出会いのために性行為の痛みに耐えたにもかかわらず、死んだ子は〈犠牲〉となって神に召されてゆく。痛みと出血だけを残し、子を奪う神をなぜ素直に愛することができようか。

このように、早過ぎるフェミニストともいえるシカプスカヤは、1891年にサンクト・ペテルブルクに生まれた。両親とも相次いで病気になり、五人きょうだいの長女だったマリアは、11歳の頃から洗濯や床磨きなどの仕事をして家計を支えなければならなかった。そして、1910年には同級生だったグレープ・シカプスキイと19歳で早い結婚をし、3人の子が生まれている。

一方で、1912年4月にシベリアを流れるレナ川の沿岸で金鉱労働者らがストライキを起こす。英国資本のこの金鉱では、労働者らが過酷な労働を強いられ、危険な事故が相次いでいた。しかし、これに対し帝国政府は軍を派遣、労働者らのデモ行進に兵士たちが発砲する事態となり、多くの死傷者が出る（レナ虐殺事件）。これに抗議するデモは首都ペテルブルクでも始まり、シカプスカヤは夫とともにこれに参加、逮捕されて2週間の監獄生活を体験している。貧しい労働者出身のシカプスカヤが視線を向ける世界は、これまでに紹介した貴族出身の詩人たちとは一線を画している。

電気技師で活動家でもあった夫とともに、彼女は1年後にも再び逮捕されている。この時には、北方のカレリア半島にあるオロネツという町への追放を言い渡されたが、知人の助けもあってこれを免除してもらい、ヨーロッパへの出国許可を得ている。ロシアを出た二人は、フランスのトゥールーズの大学で学び、その後はパリで1年間、中国語を勉強している。この時期にはヨーロッパにいたロシア文学者の面々とも知己を得て、どうやら充実した時を過ごしたようだ。

そのおかげもあって、1916年にロシアに帰国すると、二人の家は文学サロンのような趣きを見せていたという。詩人のオーシプ・マンデリシタームや作家のニコライ・チーホノフ、フォルマリストのユーリー・トゥイニャーノフらが訪れ、シカプスカヤ自身も詩人として幸福な実りある時間を過ごしたはずだ。

その後、1921年からの4年間で6冊もの詩集を出したシカプスカヤだったが、詩人としての活動は1925年をもって途絶えてしまう。以後は、ジャーナリストとなってルポや社会評論を専門とし、記者として、ベラルーシや中央アジア、シベリア、極東と各地をまわっていた。そういえば、ガブリアックも同じような道を歩き、中央アジアで最期を迎えたのだったが、シカプスカヤは、1927年に無事にモスクワへと戻ってきている。そして、第二次世界大戦後は、なんと犬のブリーダーへと転身している。1952年に亡くなった際も、ソコーリニキ公園での犬の展示会の最中に心臓発作で倒れたという。この時期の彼女は犬に夢中だったと後に娘が語っている。

彼女の3人の子どもたちのうち、末っ子のスヴェトラーナは2017年まで存命だったが、家族の手元には1925年以降に書かれた詩は何もなかったそうだ。どうやら完全に詩とは決別し、執筆もまったく行っていなかったらしい。その理由は定かではないが、いずれにせよ、当時としては非常に実験的で、エロティックに捉えられがちな彼女の創作のテーマが、1920年代後半以降のスターリン体制下のソ連の文学界で受け入れられないことは火を見るよりも明らかだ。

実の子どもたちも知らなかった「詩人マリア・シカプスカヤ」を後に発見したのは、欧米のフェミニストたちである。ソ連では詩人としての彼女は長いあいだ忘れられていた（ルポ『方法と探索』は1968年に出版されている）。彼女の詩が思い出されるのは90年代の半ばになってから。とはいえ、1996年にようやく出版された選集の発行部数はわずか150部、2000年に出た選集も500部に留まっていた。そしてそもそも、1991年の生誕100年、1992年の没後40年も忘れられたままだった。

けれども、文芸批評家のイリヤ・ククーリンがいうように、20世紀のソ連・ロシア文学には、フェミニズム批評というものがなく、1990年代に登場した女性詩人たちも正当な評価を得られないままになっていた。フェミニズム詩というジャンルはここ数年でようやく定着してきたばかりだ。生まれるのが100年早過ぎた感のあるシカプスカヤの作品は、今こそ理解される時がきたのではないかと思う。

ちなみに、革命後のロシアでは、1920年に医療行為としての中絶手術が世界で初めて合法化された。1921年に書かれた中絶の詩にはこうした社会的な背景もある。

私の身体の痛み、出血を伴う激しい痛みは、私だけにしかわからない私の出来事。子どもの命は奪うことができても、私の痛みを奪うことはたとえ神であろうともできない。その確信が私の存在の証となっている。そして、私の身体のことを語ることができるのは、ただ私だけ。この権利もまた誰にも奪うことはできない。男が女の身体を語る時代は終わりなのだ、革命の雰囲気に満ちた新しい芸術の時でもあった銀の時代に、女性が自分の身体表象を取り戻そうとした抵抗の歴史がマリア・シカプスカヤの詩には刻まれている。

7　誰も見ぬ涙を詩にして　リュボーフィ・コプィローワ

（1885－1936）

マルタ

マリアはハープを弾いていたらいい
そして日がな一日歌っていたらいい、鳥のように
私のほうはいったい何を、不美人のマルタは
私は何をしたらいいの？　私は乙女
　いまだ口づけも知らず
萎びた果実に似ている……
ただし青年たちのことで　妹に
決して嫉妬したりはしない

我が妹には、炎のような口がある
結婚の宴の松明のような口が
ゆったりとした彼女の長い着物には花々が織り込まれ
体はナルドとミルラの香りがする
　私はといえば　サンダルも履かず、それに
汚れた粗末な服を着て、日がな一日歩きまわっている……
ああ、ベタニアでは誰も見たことはあるまい
暢気な私も、何もしていない私も
　でもそのかわり、わが家の貧しい部屋は
すぎ越しの祭りの時のように、清潔に片づいている
銅器の上では太陽がきらめき
かぐわしい香が焚かれている……
　聴いておくれよ　こんなことがあったんだよ
我が弟ラザロが
ナザレのイエスと話していた
私は果物の入った器を出した
猛暑で空はどんよりしていた

イエスが喉の渇きで蒼白になった
何を隠そう　私は忌々しげに
「手伝って、マリア！」と二度も言ったんだ
「井戸から水を汲んできて
葡萄の汁を杯に絞っとくれ
乳を絞りに行くとなると　私は
家畜たちのところへ急がなきゃいけないことになる
あの方は埃だらけの道を通ってうちへおいでだよ
まさか　わが家では　あの方に
寝床といっしょに　ふんだんな食べ物を
出さないつもりなの？」
　でも彼女はその濃い亜麻色のお下げ髪を
大胆にほどき
イエスの足元に座った
全身に腕輪や指輪や首飾りをして
　でも彼女は救世主から
そのうっとりとしたまなざしを離さない

とうとう私とマリアは
初めて喧嘩してしまった
　悪意ある隣人の噂で
このときのことはばらされて
昼も晩も一日中
みんなが私をあごで指した
　そしてわが家に呪言を囁いた
指さしながら、「それでね、あの方はお答えになったのさ
マルタ、マルタよ、この世で人は
この食べ物で生きるにあらず！」とね
　これは侮辱のようなものだった
これはとても苦く痛かった
ほんとうに誰も見なかったの？
私の涙と　ままならぬ悲しみを

（1918）

リュボーフィ・コプィローワの名を聞いたことがある人は、かなり少ないのではないだろうか

（もしかしたらいないかもしれない）。彼女の詩人としての活動はわずか10年余り。革命後は、シカプスカヤと同じく、詩から小説へとジャンルを変更して人気作家となった。コプィローワの代表作ともいえる長編の『パッチワークの掛布団』（１９３４）は、実は２０１８年に復刊されている。これは、今では忘れられている19～20世紀の女性作家たちを再発見するというシリーズの第1作目で、現在のロシアでまた読まれているのである。この長編は、自伝的・回想的な作品だが、執筆当時は、新たな文学規範となった社会主義リアリズムの作品と受けとめられ、テクストが孕むフェミニズム的な側面が評価されぬままとなっていた。それが、80年以上の時を経て、ようやく自分にふさわしい時代を迎え目覚めたという感がある。

コプィローワは、１８８５年にロシア南部の都市ロストフ・ナ・ドヌーに生まれた。ロストフ・ナ・ドヌーは、ドン河岸の商業都市で、アゾフ海にも近く、春から夏には明るい陽光あふれる豊かな自然と文化を持つ素晴らしい町だ（チェーホフが生まれ育ったタガンログもすぐそばにある）。この町は19世紀後半から急速に発展し、20世紀初頭には、オデッサと共にロシア帝国屈指の貿易都市へと成長した。コプィローワが生まれて2年後の１８８７年には、ロストフ管区の首都になっている。人口も急激に増えたこの都市には、周辺地域から、または国境を超えて近隣諸国から多くの商人や労働者らがやってきたにちがいない。

リュボーフィの父もそんな労働者の一人だったのだろうか。銀の時代初の労働者階級出身の詩人ともいわれるコプィローワは、他の詩人たちのような華麗な出自をもたず、「犬小屋」のような家で育ち、もはや父母の名さえわからない。貧しい労働者だったという父のもとで、それでも学校へ通った未来の詩人は、卒業後、田舎の教師となった。そんな彼女の人生を変えたのは、詩の世界。地方都市の貧困層の暮らしと田舎の教師生活しか知らなかった彼女にとって、ペテルブルクやモスクワといった北の大都会の詩人たちが描く文学世界との出会いは驚嘆に値するものだった。

1906年から詩を発表し始めたコプィローワは、以後10年ほどのあいだに、『反乱の声　和解についての詩』（1908、ロストフ・ナ・ドヌー）、『詩　第二のノート』（1914、モスクワ）、『幸多き悲しみ』（1918、モスクワ）という3冊の詩集を世に出している。女性の内なる世界、それも、下層階級の女性たちの内的世界を探求するという一貫したテーマは、いうまでもなく、彼女自身の人生と分かつことのできぬものだ。帝政下で貧困にあえいだ女性が革命を経て人生を見いだしていくという物語は、とりわけ1934年に第1回ソ連作家大会が開催され、ソ連で唯一の芸術様式は「社会主義リアリズム」であると決定されて以降のソ連社会で好まれ、公的にも推奨されたものだった。

小説で描かれるのは具体的で現実的な女性たち。コプィローワは女性たちの外見や細部の描写の巧みさを評価されていたが、詩においては心の描写が中心となっている。もともと、シンボリズムに傾倒していた彼女は、1914年にモスクワへ出るやいなや、詩の夕べ（朗読会）に登壇するようになる。モスクワやペテルブルクの文学界は敷居が高く、ましてや田舎から出てきた若い女性が入りこむことは困難だったはずだが、コプィローワはその才能ゆえに少しずつ名を知られるようになっていった。

マリエッタ・シャギニャンやウラジーミル・ピャーストといった同時代の詩人たちは、コプィローワの詩を好意的に受けとめたことを記しているが、とりわけシャギニャンは、アフマートワやツヴェターエワの名と並べて、女性が自分のアイデンティティを見いだす試みとして彼女の詩に関心を示している。その他にも、コプィローワの抒情的な詩がいつも「おずおずとしている」ことが指摘されている。確かに、詩を愛する田舎教師だった若いコプィローワの詩行には、一人の人間のさまざまな感情が溢れながらも、いつだっておずおずと、ぐずぐずと煮え切らない心が、日記のように綴られている。そして、まさにそのためらいがちな言葉たちこそが私たちの心に響いてくるのである。

初期の詩、例えば、「冬の晩に」（1914）に描かれる、白いテーブルクロスの上で沸き立つサモワール（ロシアの伝統的な湯沸かし器）や、暗い広場、寒い吹雪に揺れる窓などは、〈家〉という小さな空間を、まるで語り手自身の〈心〉の空間であるかのように同一視してみせる。そして、吹雪の夜には、窓や蠟燭の炎が揺れる小さな家の中で、それでも外の空間である暗い広場へ思いを馳せている。それは、いつか自分も〈家〉を出て、多くの人がいる見知らぬ場に立つ日が来ることを予感し不安を感じながらも、それでもやはりその時を夢想してしまうのだと読むこともできる。とても愛おしい一篇だ。

ここで訳出した詩は、散文作家になる前の、詩人としては最後の作品ではないかと思う。聖書の「ラザロの復活」を題材にしたこの作品では、あの有名なマリアとマルタの姉妹が自宅へイエスを迎える場面が繰り返されている。けれども、フェルメールの有名な絵画でも知られるこのエピソードは、コプィローワの詩では悲しみの涙で終わっていて、傷ついたマルタの心の叫びに耳を塞ぐことができずに、読み手もまた鋭利な刃物で胸をなぞられたような心地になる。

弟の友人であるイエスが家を訪ねてきた際、妹マリアはイエスの話にじっと聞き入り、姉マルタは、イエスをもてなすためにせっせと食卓の準備をしていた。人類は長いこと、イエスに対するこの二人の女性の態度の是非について議論し、どちらかといえば、マリアが是とされてきた。ベタリアの聖マリアとも呼ばれる妹マリアは、イエスの話に聞き入り、イエスの足に香油を注いで自分の髪でそれを拭ったという逸話によって、姉よりもイエスにより近いところにいる印象を与えてきた。

そんな妹のことをこの詩では、マルタ自身の言葉で、〈炎のような口〉をもち、花々が織り込まれた〈長い着物〉をまとい、〈ナルドとミルラの香り〉を放つ魅力的な美しい女性だと表現している。かたや、自分自身のことは、〈不美人〉で、裸足で歩きまわり、〈汚れた粗末な服〉を着た〈萎びた果実〉に似ているとひどい言いようだ。しかし、それはそれでかまわないと彼女は思っている。故郷のベタニアでは、マルタが〈何もしていない〉ところを誰も見たことがない。彼女は家のためにいつもあくせくと立ち働いている。だから〈貧しい部屋〉は清潔に輝き、銅器の上では蠟燭が〈太陽にようにきらめき〉、〈かぐわしい香が焚かれている〉。

ここにはとても興味を引かれる。マリア自身の美しさと魅力に対峙されているのは、マルタの労働の賜物である部屋の清潔さと、質素だけれど美しい蠟燭の灯や香である。家と自分自身の同一化は、すでに触れた「冬の晩に」にも顕著だったが、ここでもコプィローワは、聖書の挿話に自身の生を重ね、私とは何者なのか、私の生はいかにあるべきかという問いを抱いていることが垣間見える。

貧しい家の長女として忙しく家事をこなしながら、来訪者の飢えと渇きと疲れを労おうとするマルタの配慮は、彼女が自分の美徳だと唯一誇っていたもの。〈人間はこの食べ物で生きるにあらず〉というイエスの言葉を素直に受けとることなど到底できない。それは〈侮辱のようなもの〉で、〈とても苦く痛かった〉。家で家事に人生を捧げる女性にとって、食事を用意することは命のためのもっとも大切な行為である。にもかかわらず、食よりもイエスの話を聞くことを優先するマリアの行為は精神的なものとされ、マルタにはそれが欠けているかのように言われてしまった。

しかもその時の涙もまた、誰の目に留まることもなく、孤独な悲嘆に暮れるだけなのだ。ためらいや臆病さは消え去ってはいないが、自分の置かれた場でこの生の役割を果たすと決めた一人の女性が、師たる男性の「教え」に傷つき、自分のこの涙を本当に誰も見なかったのかと嘆いている。このやりきれなさが、コプィローワという詩人の原点にある。そして、一人の人間として絶え間なく向き合わざるをえなかった社会に対する詩人の違和感だったのではないか、そんな気がしてならない。コプィローワという詩人が聖書を読みながら、マルタに深い同情と共感を寄せていたことを知らせてくれるこの詩は、誰も気づかなかったその涙と悲しみを永遠の言葉である詩に書き留めて、一人ひそかに泣いた女性を慰めようとする分身のごとき詩人の配慮なのだともいえる。

8　風そよぐ音にも世界は宿り　エレーナ・グロー（1877－1913）

エレーナ・グローは、これまでの詩人たちとはまるで雰囲気が異なるように思われるかもしれない。グローは、象徴派が終わりに近づき、アヴァンギャルドの揺籃期だった時期に画家・詩人として活動した。とりわけ、立体未来派（クボ＝フトゥリズム）で唯一の女性詩人として、新しい言語実験の渦中に身を置いた人だ。

文学におけるロシア・アヴァンギャルドは、銀の時代とほぼ時期を同じくし、1910年頃から1930年代初めまでの歴史的な大転換期（第一次世界大戦、そして二つの革命とその後の国内戦を含む時期）に、あらゆる芸術ジャンルを超越して実践された非常に大きな芸術運動である。また、ロシアのモダニズム後期でもある。ロシア・アヴァンギャルドの一派である未来派はいくつかのグループを形成し、互いに芸術をめぐる独自の理論構築と、それに基づく実験を行ったが、「ギレー

「詩の中二階」「遠心分離機」など、そのグループ名だけでも胸躍る思いになるのは私だけではないと思う。エレーナ・グローは、詩人のアレクセイ・クルチョーヌィフらが率いる「ギレーヤ」の一員だった。

愛とぬくもりの言葉たち

猫のお耳はだらだらとぬくぬくのせいで離れちゃった
ビロードのお耳は別々のほうへ
猫のほうはでろーん……

沼辺で揺れてる白い綿毛ちゃんたち
むかしむかし、
オーバーシューズがおりました、お腹ちゃん

ゴロゴロちゃん
おばかちゃん
猫ちゃんはふさふさちゃん

ふわふわちゃん
白綿ちゃん
にゃんこちゃんは
いたずらずき……

（1913）

これまでに紹介してきた詩人たちの多くは、同じ時代を生きながら、大きな時代の変化や戦争、革命、さらに個人的な運命に苦悩しながら詩作を行っていた。その経験は、時には詩行を重々しく、時には痛みを伝えるほど悲しいものにしてきた。その心の重さや悲しみは、違う時代を生きる私たちもまた、いつか感じたような気がする身に覚えのあるものだった。

そして今、私たちは、楽しくてふわふわぬくぬくとしたグローの詩にも容易に既視感を覚えてしまう。私たちの体が記憶している柔らかで温かくてやさしいものを思い出させてくれる、そんな言葉たち。それだから、アヴァンギャルド、立体未来派の詩人だなんて、あまりにも実験的で難解で理解不能なのではないかという不安は、詩行が奏でる陽気な音楽の中にたちまちとけて消えてしまう。とはいえ、グローの詩が難解でないということはできない。「愛とぬくもりの言葉たち」も、こうして訳してしまえばわからなくなるけれど、辞書には載っていないグロー自身の造語や指小形の言葉たちがでこぼこと並んでいる（だからここで私が試みたものを「翻訳」と呼ぶのはとても気がひける。グローの他には誰も使っていない、どんな辞書にも載っていない新しい語を外国語に訳すことは不可能に近いことなのだから）。それにしても、こんな楽しい詩を書く詩人とはいったいどんな人なのだろう。

エレーナ（エレオノーラ）・グローは、1877年5月30日に、ロシア帝国の首都サンクト・ペテルブルクの高位の軍人の家に三姉妹の末っ子として生まれた。グロー家は、もともとはフランスの侯爵家だったのだが、エレーナの祖父が1793年にロシアに亡命してきてこの地に根付いた。1年の半分は、北西部の自然豊かな古都プスコフにある領地で暮らし、冬になるとペテルブルクに戻って首都の生活を楽しんでいた。絵を描いていた母に習って8歳からエレーナも絵を描き始め、同時に詩作にも挑戦するようになる。母方の祖父は「子ども雑誌」の出版人で、エレーナが大の仲良しだった姉のエカテリーナも後に作家となり（筆名はエカテリーナ・ニーゼン）、未来派の運動に参加している。

このように恵まれた環境の中で幸福な子ども時代を過ごしたのだろう。エレーナは、13歳になると絵画学校へ通い始める。そこでは未来の夫となるミハイル・マチューシンとの出会いが待っていた。彼はグローにとって、親友であり、師であり、公私ともに生涯にわたって大切なパートナーとなる。結婚した二人は1905年になると、当時のロシアでもっとも前衛的な芸術学校だったエリザヴェータ・ズヴァンツェワ・スタジオに移り、レオン・バクストやムスチスラフ・ドブジンスキーといった最先端の美術家たちとともに仕事をすることになる。

グローの最初の本が作られたのは1909年。『シャルマンカ（手回しオルガン）』と名付けられたその本には、詩だけでなく、散文や戯曲などさまざまなジャンルが詰めこまれ、まるで文学の宝箱のようだ。短い生涯に3冊の作品集を出したグローだが、いずれも同様の形式で、詩だけを集めた詩集は出していない。『シャルマンカ』から詩を一篇ご紹介したいと思う。

月夜の歌

屋根の上を孤独な月がぶらついていた
煙突はひとりぼっちみたいだった……
バカ者が月に向かって優雅に
唇を突き出した
いつだったか月が帽子をかぶっているのを見た
それで、ああ、私たちは笑ったよね！

「おバカさんのちっちゃな鈴たち！」

時は流れた――でも、まだ少し残っている
おバカさんのちっちゃな鈴たち……
鈴たちはあんなにも大笑いしたよね！
月は屋根裏部屋で輝いていた
それで猫たちがそわそわしだした

誰かが果てなくぶらついていた、果てなく
踊りながら窓を覗きこんだ
あちらから空虚が彼にウインクをした……
ははは、ガラスたちが大笑い……
屋根の上に泊まることもできるけど
でも広場にだって場所はあるよ！

街灯が看板に微笑みかけている
そして辻馬車の馬にも

（1909）

詩人としてのグローは、表現し得ないものを描く手法をたえまなく模索していた。しんと静まり返ったコンサートホールにピアノの音が響きだし、静寂が音楽へと変化《へんげ》するように、それまでは形をもたなかったものが言語化される。それは詩作の原点でもある。この世界には、言語化されていない風景が無数にある。私たちは目にするもののほとんどを言葉にしないままやりすごしている。ましてや、見落としているものの数はその比ではない。それらの命を目覚めさせること、それこそが詩人の役目だとグローは考えていたように思う。

「月夜の歌」では理解が難しい表現もあるけれど、今宵の寝場所を探しているかのようにぶらつく月、ガラスたちの大笑い、看板や馬に微笑みかける街灯は、単に擬人的というわけではなく、私たちが見落としている景色なのだという気がする。〈ちっちゃな鈴たち〉と訳した語は、ジングルベルのようなもので、ガラスたちの繊細で澄んだ陽気な笑い声を思わせる。『シャルマンカ』は、ヴャチェスラフ・イヴァノフやアレクサンドル・ブロークなど象徴派の詩人たちにも評価されたが、限られた部数しか印刷されず、グローはそれを図書館に配布することしかできなかったという。

2冊目の作品集が出たのは1912年。『秋の夢』と名付けられたこの本にはやはり短編や戯曲、詩が収められ、自作の挿絵もつけられた。そして、音楽家でもある夫のマチューシンが、この本のためにバイオリン組曲を書いている。その曲は、〈忘れえぬ我が息子、ヴィリー・ノーテンベルク〉へ捧げられたものなのだが、その「息子」とは、グローが考え出した実在しない人物である。死産した息子を思い続け詩にしたシカプスカヤとは異なり、グローの「息子」は神話的な、清らかな魂をもった内なる詩人の表象ともいうべきもの。グローには現実の子はいなかった。

最後の作品集『空のラクダの子たち』（1914）が出たのは、グローが白血病で突然に36年の人生を終えた翌年のこと。この書物は、言葉の織物から成るシンフォニーのような構成になっている。詩、日記、小説の草案、祈り、といったさまざまなテクストが、まるで大きな音楽のように自然に移り変わるよう配置され、ひとつの作品と感じさせる。

私はもう34歳、でも私は自分の客たちから逃げ出した。逃げて救われた人たちの感情ってなんて素晴らしいの！　森のはずれから気づかれないように、苔のほうに、古い樅の木の実のほうに顔を向けて低く伏せていかないといけなかった。森の底は一面、苔と細い枝だらけ。森の中では、すべてが独特の森の放射をまとっていた。森の中にいると、一瞬ごとに自分が森らしくなっていくもの。

『空のラクダの子たち』の中にあるエッセイのようなこの文章も、グローの独創的な語りがよく表れている。この詩人にとっては、人間の感情も、折れた枝も、森の苔も、それらから放射されるエネルギーも、私たちの豊かな世界を成す対等な構成要素なのだ。人間だけの集まりだなんて不自然なものからは脱走して森へ逃げるんだ、そこは本物の世界がさまざまな大きさで、さまざまな形で、さまざまな色で息づくポリフォニーとなっている。森の中にいると、自分がどんどん〈森らしく〉なる。エレーナ・グローという詩人にとって、言葉は森の中にあるすべてのものたちに等しい。大樹もあれば、落ち葉も、目に見えぬほど小さな生き物も、風も、光も、絵に描かれるように詩に綴られるもの。微視的にも巨視的にも自在に変化する詩人のまなざしは、彼女にしか見えない世界をいつだって明るく映しだしてくれる映写機のようだ。

春、春よ！

ラクダの子のこっけいだったこと、勤勉だし。一生懸命、試験のために準備したのに落ちてしまった、はにかみ屋で変てこなことするせいで。でも明け方にはいつも、鼻を枕に押しつければいいのに、こっそりと詩を書いていた。

勤勉なものだから、春の空の最初の葉っぱを手にする喜びをみずからやめてしまった。だけど、ベルトのせいでズボンがずり落ちないようにもできず、シャツが袋みたいにだぶだぶにならないようにもできず、よその人たちの前でちゃんとすることもできなかった。

テニスをしたくないフリもできなかった、それでみんなわかっていた、ラクダの子がはにかみ屋のせいでできないこと、はにかみ屋なのを隠したいのにやっぱりできないことを、だから彼は苦しいほどに知っていた、耐えがたいほどの不器用だと自分の背中には書いてあるんだって……。だから彼には見えていた、木々をとおしたずっと向こうのほうで、しばしば遠のきながら瞬くような陽気さが。

そう、でも、鏡みたいな湖の底では、鶴のような無垢の朝焼けが輝いている。孤独で澄んだ空。

ラクダの子が空を見ているとき、バラ色の空に暖かな生まれた土地が広がっていた。

（1914）

グローの映写機は、夜明けの中でひそかに詩を書く不器用なラクダの子をも映しだす。なにひとつうまくできなくて、勉強しても成果もでない。不器用なラクダの子は、それでも詩を書いている。いや、それだからこそ詩を書いている。なぜなら、そんな子だからこそ、木々の隙間からわずかに見える遠い場所の一瞬の輝きや陽気なものに気づけるのだから。このラクダの子はどこにいるのだろう？　森？　動物園？　それともサーカス小屋だろうか？　ラクダの子が、木々の隙間から見る遠方の明るさも、早朝の湖の底の〈鶴のような朝焼け〉の輝きも、〈孤独で澄んだ空〉もすべて、詩の言葉の源泉である。詩人の意識が目にしたものは、言葉となって詩行の中に生まれ変わり、命を繋いでいく。たとえ森の木が伐り倒される日が来ようとも。

言葉以前のものはどれも、グローにおいては無垢で澄んでいる。そしてもちろん、それゆえに孤独でもある。大切なことは、詩人＝ラクダの子が見ること。そうすれば、〈バラ色の空〉に〈生まれた土地〉が広がっていく。生まれた土地とはまさに、詩人に命と言葉を与えてくれた場所。その言葉を体に満たして、不器用なラクダはよその土地に生きている、詩を書くことをよすがにして。

9 「女の言語」を創出せよ　ナデージュダ・ブロムレイ
（1884－1966）

未来派唯一の女性詩人エレーナ・グローの作品集『シャルマンカ（手回しオルガン）』には、「高揚」という短編小説が収められている。この「高揚」という語は、「突風」「激発」「激情」と訳すこともできるが、突然に吹く激しい風、あるいは感情の急激な高まりを意味している。この短編の主人公は、エヴァとエンマという二人の女性。ともに作家で、創作への思いも響きあう二人は愛し合っている。「私たちは二人でひとつの意味がある」と、エンマはその関係について熱いセリフを漏らしてもいる。この作品には、グローとブロムレイの強い友情の痕跡が見られるといわれている。

エレーナ・グローの影響をもっとも強く受けた詩人であるナデージュダ・ブロムレイは、おそらく1884年の春に、モスクワの富裕な実業家の家庭に生まれた。有名な家に生まれ、早くから首都の芸術家サークルの中にいたにもかかわらず、なぜだか彼女の生年月日は今に至るまで定かではない。作家事典などには1884年と書かれているものの、墓碑には1883年と記されており、さらにアーカイブ資料には1893年という記述もある。それでも、執筆されたものや書簡などから計算すると1884年ではないかと思われる。

ロシアにおけるブロムレイの家系の歴史は、彼女の祖父にあたるエドワードが、19世紀半ばに英国からロシアへ移住し、鍛冶工房を開いた時に始まっている（その後、ナデージュダの父が事業を引き継ぎ、重機や自動車を製造する大工場にした）。これまでの詩人たちの中にも多かったが、モスクワやペテルブルクをはじめロシアには常に外国人たちが数多く暮らしており、その中からも才能ある芸術家たちが輩出されている。ロシアの文化・芸術は、歴史の中で常に異国の感性をとりこみながら発展してきたのである。

革命を挟んで、ロシア帝国、そしてソ連で俳優として活動し、さらに、戯曲や小説も執筆していたナデージュダ・ブロムレイは、何よりもモスクワ芸術座の俳優、演劇人として知られている（ソ連人民俳優の称号を授与されている）。でもここでは、ロシアでもあまり読まれることのない彼女の詩人としての顔を浮かびあがらせてみたいと思う。

ブロムレイは、同時代の詩人たちと同様に、後期象徴派を代表する詩人アンドレイ・ベールイや、その1世代前のデカダン派の詩人たち、それからヨーロッパの作家たちの影響も受けながら文学の才を伸ばしてきたが、なんといってもエレーナ・グローに圧倒的な影響を受けている。二人がいつ知り合ったのかは明らかではないが、1911〜1912年頃の書簡を読むと、すでに二人の友情と信頼の深さが伝わってくる。例えば、1911年5月7日付のブロムレイからグローへの手紙の一部を引用してみたい。

親愛なるエレーナさま

毎日あなたのところへ行くほど元気が出ず、ずっとひどく気分が悪いのです。もし明日(日曜日)、雨が降らなくて寒くなかったら、あなたのところに3時頃に参りますから、植物園に行きませんか？　いいでしょう？

あなたのブロムレイ

ブロムレイは、グローよりも9歳年下だから、言葉遣いは丁寧だけれど、とても打ち解けた友人らしい話をしている。この翌日、二人は植物園に行ったのだろうか。このひと月前に、ブロムレイの初めての作品集『パトス　コンポジション、風景、顔』が出ていて、グローはそれを読んで、非常に驚き、この若き詩人の才能に夢中になったという。同年4月3日の手紙で、グローはブロムレイにこう告げている。

あなたの本は、きらきらした本物の宝石に満ちていますね。私は喜びをもってこの本を読み返しています。この宝石たちが実のところ、私たちがいなくても生まれてきた生き物であることは確かですから。

グローは鉛筆を手にこの本を読み返し、多くの箇所にしるしをつけたという。1911年にはすでに親友といえる間柄だった二人は、1909年頃に出会っていたのではないかと思われる（グローとマチューシンの自宅で開催されていた文学サークルがきっかけなのではないかと思うが、研究者のエレーナ・トルスタヤの説では1909年以前に知り合っているはずだとも）。ここでグローが、〈私たち〉という人称を用いていることは興味深いし微笑ましい。書物とは、さまざまなきらめきが詰まった〈宝石〉箱であり、それは自分たち＝詩人がいなくても生まれてきたはずで、命をもっている〈生き物〉なのだ。アヴァンギャルドのような前衛芸術においても、結局のところ、19世紀の作家や詩人たちと同様で、作品の誕生は作者の才能によると考えられがちだ。そして、詩が実験的になればなるほど、作者の存在感は高まっていく。けれども、〈私たち〉の作品はそもそも生まれる運命にあり、詩人はその生の扉を開いたに過ぎないとグローは言うのである。

グローの作品集は、詩や小説というジャンルの境界を払拭した宝箱のようだったが、ブロムレイもこれに倣い、自身の本を純粋な詩集にはせず、一部、散文も織り交ぜた構成とした。それでもブロムレイの創作がグローと圧倒的に異なるのは、そのテクストが孕む社会的な問題への意識といえるのではないだろうか。彼女の書くものはとても社会批評的である。とりわけ、女性であること、女性が書くことについては、明確な自覚はないにしてもフェミニストとしての萌芽が垣間見えもする。

ブロムレイの詩の根底には、この社会、この世界に対する不満がある。それは女性の生をめぐる問題にあった。「女性でいること、人間でいることは困難だ。困難だし不公平だ」と彼女は言う。女性の「使命」だとされていた「出産」は、とりわけブロムレイの敵意の対象だった。女性という生き物の体を通して、この世のすべての人間が世界に現れるなんて奇妙ではないかと違和感を抱くのである。そして、「脳内に精神という炎の花を任う身体は出産をしたいとは思わない」と言う。

こうした言説は、身体/精神という二元論に基づいて、精神を身体よりも高次のものとみなしているようにとれるかもしれないが、そうではない。出産という大変な出来事に際して女性が負う負担は、自然なこととはいえ恐ろしいものだ。それに、少なからず知恵の実をついばんだ者からしたら、なぜ女性ばかりがそんな目に遭わねばならないのかと不条理にも感じられる。そもそも二元論に基づいて、女性を「身体」の側に置いているのはこの社会の方だ。けれども女性にだって「精神」の世界がある。〈脳内に精神という炎の花〉が咲いているというのに誰もそれを認めようとしない。その結果、彼女は、「女性の言語」を創ろうという考えに至るのである。

14歳の頃から演劇と文学の世界に心酔してきた彼女は、自分が用いている言葉が男性たちの築いてきたものであることに気づく。だから、女性の真実を語りきれず、嘘になることがあるのだ。でも自分は、「男性の言語」しか知らない、だから「女性の言語」を創り出さなければならない。アヴァンギャルドの詩人たちは、手垢にまみれていない新しい言語の創出に取り組んだが、ブロムレイという詩人は、性の手垢のついていない女性の言語を目指したのである（このとき、男性の言語／女性の言語があると考えることは、ブロムレイの思考の理解を助けてはくれない。既存の表現／新しい表現と考えるとわかりやすいかもしれない）。

湿った朝、3軒目の建物の向こうで
通りは暖かな霧に食い尽くされている
夜明けの哀しさが、柔らかでひやっとさせる塊となって
昨日の傷たちにはりついている
路面電車は軋み、私はデッキに立って
霧を吸いこんでいる、舗装道路が駆けてゆく

昨日の痛みは温かく甘やかで
身を震わせながら、路面電車の脇を突いてくる
美しい人がいるけれど、暗いまなざしには
ただ日常だけ……　スカーフを巻き、ミトンをした
老婆が繰り返し言っている、どうかお恵みを……
——ああ、死の翼よ、ああ、精神の冷たさよ
私は疲れたように笑いながら唇をゆがめる
からだがだらんとなった、魂よ身を起こせ！
昨日の出会いの時の会話は偶然で、どれもみなちがっている
かぐわしくてピリッとしている
病んだ血を誘惑が苦しめている
そして翌日にはべつの出会いが待っている

（1911）

『パトス』に収められているこの詩は、一瞬、マヤコフスキーの初期の作品を思わせるような、何気ない街の光景を描いているようにも見える。しかしブロムレイの詩は、鮮やかな色彩を巧みに避けている。この詩の中の路面電車はどんな色なのか、老婆のスカーフやミトンは何色なのか、読

み手は無意識に期待しているというのに、予期した鮮やかな色は現れぬまま（最後の〈血〉すら赤を感じさせない）。そして、路面電車に乗って移動しているのは〈私〉の方なのに、デッキから見下ろしている〈舗装道路が駆けて〉ゆき、静／動の関係は逆転していて、〈私〉は止まっているかのようだ。さらに、〈昨日の痛み〉の所在は〈私〉の身体＝心なのだろうが、それは〈温かく甘やか〉で、〈身を震わせながら、路面電車の脇を突いてくる〉。路面電車が揺れるたびに、自分の体に痛みが走るとは表現せず、痛みのほうが外から路面電車を突いてくるのだといっていて、このとき〈路面電車〉は〈私〉と身体を一にしているようだ。そして〈温かく甘やか〉な〈痛み〉は、通りを包み込んでいる〈暖かな霧〉に溶け込むことで、私の身体から流れ出して〈路面電車の脇を突いてくる〉ことができるようになる。それにしても、この詩全体を解釈することはとても難しい。

春はなんてけちん坊なの、なんて待たせるの！
干からびた灌木の白髪はなんて悲し気なの！
大地の覆いは白くもあり、葬列のように黒くもある
雪を降らす巨大な黒雲の塊が　また近づいてくる
そして固まった雪は　最初の雷を迎えながら
窪地の岸に、解けずに残っている
そして白樺の房の細い先は

ほころびはしないだろう、5月まではほころびはしない！
春になると広がる枝の鬱蒼とした文様は
あいかわらず黒く、黄金の緑で彩色されていない
私の部屋の展示されていない額のそばでは
横木の二重の闇が悲し気だ

（1913）

『パトス』の2年後に雑誌に掲載されたこの詩も、春の喜びではなく、春への不満が語られている。もたもたとして急いでやってこようとしない春、雪を一気に解かさず大地を汚くする春、気前よく花を咲かせない春、新緑をなかなかもたらそうとせずにいつまでもじらす春。これまでの詩人たちが描いた、春の喜び、春への期待、春の兆しの幸福感はここには微塵もない。春に対し、〈けちん坊〉と言ってのける詩人の潔さは、自分の感情を、それもネガティヴな感情を、美し気な言葉で包んで美化することをしない。期待させておいてなぜ早くこないのかと春を責めるこの詩は、最後に思いがけずでてくる〈展示されていない額〉という表現で見事に絵画へと昇華する。春はまだ描かれておらず、飾られることもなく〈私の部屋〉の中にある。

詩人ブロムレイが語られる時、常にその他の詩人や作家たちとの関係や比較が話題となるか、あ

るいは夫で演出家のボリス・スシケヴィチの運命のパートナーとして登場することが多く、より知名度の高い人たちの影に隠れているように感じられることがある。確かに、ブロムレイの詩集と呼べるものは『パトス』1冊のみで、その他の詩は雑誌などに掲載されただけだ。1920年代に入るとブロムレイは散文へとジャンルを移し、『浅はかな者たちの告白』(1927)、『ガルガンチュアの末裔』(1930)という2冊の短編集を残したが、実際にはその他にも、雑誌などに発表された芸術論などがある。過酷なスターリン時代も演劇を続けながら、モスクワからレニングラードへと活動と生活の場を移して生き延びた詩人が見聞きしたものを、その思想の流れと共に追う必要がある。そこにはきっと彼女が求めていた「女性の言語」の本質が記されているのではないだろうか、ただそれはまだ展示されていないだけなのではないかという気がしてならない。

ナデージュダ・ブロムレイは、ソ連がいわゆる「雪どけ」を終えた1966年にレニングラードで生涯を終えた。寒さの厳しい北の都にも春が気前よく咲き乱れ、緑あふれる暖かな5月の日に。

10 昼の太陽と幸福と、そして夜の闇と　テフィ（1872-1952）

もうずいぶんと昔のことだけれど、「テフィ」という不思議な名前を初めて目にした時のことは鮮明に覚えている。ロシア文学には多様な出自の詩人たちがいるし、筆名に違いないとはいえ、それにしてもふだん見慣れたロシア人の名とはまるで違う、でも素敵な名前。ページをめくるとそこには、魅惑的な名にふさわしい素敵な女性が待っていた。

テフィは19世紀末のロシアで大変な人気を博した作家で、散文・詩・戯曲と広いジャンルで多くの作品を世に残した。テフィといえば、まずはそのユーモアと風刺に満ちた小説を、「サティリコン」（1908〜1914）という当時人気の週刊誌に掲載していたことで知られている。この雑誌では、編集者でもあったアルカジー・アヴェルチェンコとテフィの風刺小説がとてつもない人気を博していて、なんと、皇帝ニコライ2世までもが愛読していたという。皇帝はとりわけテフィの作品を気に入っていたため、彼女は検閲を憂慮せずに自由に創作ができるとも言われたほど。

そんなふうに、「テフィ」という名で愛されることになるナデージュダ・ロフヴィツカヤは、1872年の春にサンクト・ペテルブルク（生地には別の説もある）の著名な弁護士の家庭に生まれた。母のヴァルワーラは教養豊かなフランス人で、自分の娘たちに文学への扉を開いてあげた人だ。ナデージュダには3歳年上のマリアという姉がいた。姉妹はともに互いを愛し、文学を愛し、将来は二人の名を文学の歴史に刻みたいと夢見ていた。テフィがのちに魅力的な筆名を選ぶことになった理由もここにある。詩が大好きな仲良しの姉妹は、二人同時にではなく、一人ずつ文壇に登場することにしようと話し合う。姉妹で嫉妬したり、ライバルになったりしたくはない。まずは姉のマリアがデビューし、詩人としての栄光を味わい、それから妹のナデージュダに場を譲る。そうすればロフヴィツカヤという詩人の名はより長く文学界に留まることになるだろう。姉妹の夢は叶った、妹のほうは少し回り道をすることになったけれど。

1888年、ペテルブルクの文芸誌「北」に数篇の詩が掲載され、マリアが、ミラ・ロフヴィツカヤという名でデビューを果たした。彼女の才能はたちまち大輪の花を咲かせ、「ロシアのサッフォー」と呼ばれ、やがて20世紀にアンナ・アフマートワやマリーナ・ツヴェターエワが登場することになるロシア女性詩の時代の礎を置くことになる（ミラ・ロフヴィツカヤも銀の時代の女性を代表する私たちの大切な詩人の一人だ)。姉妹の想像をはるかに超えてマリアは時の人となり、妹ナデージュダへ場を譲る時機は訪れそうにない。そこでナデージュダは、文壇に二人の「ロフヴィツカヤ」がいることを避けるためにペンネームを使うことにしたのだった。

「テフィ」という筆名の由来についてはさまざまな説が語られてきたが、もっともよく知られているのは、英国の作家ラドヤード・キップリングの童話『最初の手紙はどのように書かれたか』(1902)に登場する「タフィー」から拝借したというもの。けれども、テフィ自身は「ペンネーム」(1931)という短編の中で、筆名についてはよく訊かれるが、〈女性作家たちは男性名の筆名を使うことが多い。それはとても賢明だし、用心深くもある。女性たちは、軽い嘲笑にあったり、不信感をもたれるものだから〉と説明し、でも自分は〈男性名に隠れるようなことはしたくなかった。意気地無しだし臆病でしょう。何かわけのわからない名前のほうがいい、どっちつかずの。でも何がいいだろう? 幸せをもたらすような名前がいいな。おバカさんの名前がいちばんいい。おバカさんはいつだって幸せだから〉と記している。ユーモアに満ちた作品で文学の世界を明るく照らした作家らしい話だけれど、本心かどうかはわからない。とはいえ、「テフィ」という名は多くの人に愛されて、当時流行った香水の名にもなった。

とはいえ、テフィが登場するのはまだ少し先のことだ。姉のマリアは19世紀末の文学界を席巻する詩人となり、引退などまだ考えることもできない。自分よりも姉のほうが才能ある詩人だと思っていたナデージュダは、文学の世界に身を投じても姉の陰に隠れるだけだと諦め、18歳で早い結婚をした。けれども結婚生活は順風満帆とはいかなかったようだ。3人の子に恵まれたものの、10年後の1900年には離婚をする。そして、今度こそは文学に生きるのだと決めて首都ペテルブルクへ戻ってきたのである。一方、姉のマリアは詩人としての人気とは裏腹に、実は長いことひどい鬱病に苦しんでいた。それに加え、心臓病やバセドウ病にも罹り、悲しいことに1905年に35歳で亡くなってしまった。

一方で、テフィは散文の人という印象が強いけれど、最初の作品はもちろん少女の頃から愛し続けていた詩だった。

私は狂ったような素晴らしい夢を見た
私があなたを信じ
そして生が私を労働へ自由へ闘争へと
しつこくも熱烈に呼んでいる夢を
私は目覚めた……疑いを催させながら

秋の日は私の窓を覗きこみ
そして雨は屋根を騒がしく打っていた
生は過ぎたと、夢見ることなど滑稽だと歌いながら

（1901）

幼い姉妹の計画通りに、姉のマリアが詩人となり、そして成功したけれど、そこからは筋書き通りというわけにはいかなかった。姉の活躍を見ながらナデージュダは、妻となり母となって都市を去り、13年間も文学の世界から離れて生きていた。デビュー作であるこの詩が謳う〈狂ったような素晴らしい夢〉とは、詩人になることだろうか。この時代、28歳のデビューはかなり遅いものだ。地方に暮らしながら、もう文学で生きていくことなど不可能だろうか、と何度も自問したに違いない人は、それでも〈夢見ること〉を選ぶ。けれども、ようやく踏み出せた文学の最初の一歩となったこの小さな詩は、人目を引くこともなく、「この詩にはあまりにも虚飾や空虚さやまがい物が多い」（ブリューソフ）といった手厳しい批判を受けただけだった。ナデージュダの詩人としての出発は姉のような華やかなものにはならなかったが、その後、テフィと名乗り、風刺の効いたユーモア小説を手掛けるようになると、たちまち脚光を浴びたのである。そもそもナデージュダは、冗談を言って周りの人たちを笑わせたり驚かせたりすることが大好きな人だった。

最初の酷評がつらかったのか、テフィはしばらく詩作を中断したが、1910年には再開し、『七つの火』という詩集を1冊出版した（やはりこれも評価されなかった）。しかしこの頃になると、小説の他にもフェリエトンと呼ばれる時事・文芸批評が評判になったり、戯曲が舞台にかかるなど、さまざまな媒体で活躍する人気作家となっていた。彼女の詩が、どこか芝居がかっていると言われたりするのも、戯曲に近いからかもしれない。ともかく、初めての短編集である『ユーモア短編集』（1‐2巻、1910‐1911）が出版される頃にはすでにかなりの読者を得ていた。ユーモア小説でスターとなった作家の顔と、評価されない詩を書き続ける詩人の顔——そのいずれも、確かに彼女の真の顔であり、常に彼女の内に共存していた。だからこそ、いずれも短めの彼女の詩には、陽気で華やかな作家テフィを愛した文壇が見落としてきたもうひとつの内なる顔が見てとれるように思えてならない。

今日の私は十一歳のよう
とっても単純で、とっても空っぽで、とっても陽気
私の腕にはガラスのブレスレット
私はそれに小さな指輪を二つ繋いだ
あなたたち鳴ってね、鳴って、私の指輪たち
陽気な遊戯で心をなごませて

ひとつ目の指輪で私は愛と婚約した
二つ目の指輪で栄誉と結婚した
笑いだし、自分のガラスのブレスレットを壊すと
私の指輪たちは魔法からとけてしまうでしょう
そして向こうへ転がりだし、その痕も消えてしまえばいい
私の魂には名前などないのだし
私の唇は口づけもされていないのだから！

（1915）

華やかな表舞台では見せない内なる自分をそっと解き放つ場所が詩作の時なのだとしたら、こうした詩も彼女の生を知る手がかりとなるにちがいない。裕福な家庭で育った子ども時代、11歳のナデージュダには夢しかなかった。少女たちの心は〈ガラスのブレスレット〉のように澄んで、光を受けてキラキラと輝き、小さな指輪とぶつかると美しい音を立てる。この詩が書かれた1915年は、姉マリアが亡くなった年だ（死の後に書かれたものかどうかはわからない）。愛する姉、共に詩人となる夢を見た姉の死によって、〈ガラスのブレスレット〉は壊れてしまったといっているのだろうか。ぶつかりあって澄んだ音を立てた〈二つの指輪〉とは、マリアとナデージュダのことなのか。モチーフの似た詩をもうひとつご紹介したい。

私を愛していたのは夜、そして私の腕に
夜は黒い腕輪をはめた……
私の昼が訪れると——私は夜を裏切った
そして太陽と幸福のことを歌いだした

昼の道は多彩で広い——
でも私は黒い腕輪を引きちぎることはできない！
星の憂いが音を立てながら泣いている
太陽と幸福のことを語る私の言葉の中で！

（1915）

ここでは古い単語に置きかえられてはいるものの〈腕輪〉が登場する。しかしこの〈腕輪〉は、少女の頃の〈ガラスのブレスレット〉ではなく〈黒い腕輪〉で、それは私を愛する〈夜〉によってつけられたものだ。原文のロシア語では、〈夜〉は女性名詞、〈昼〉は男性名詞のため、〈昼が訪れると——私は彼女を裏切った〉となる。自分を愛してくれる〈夜〉を裏切り、昼になると〈太陽と幸福のことを語る〉私。それは、陽気なテクストを執筆し読者を楽しませる散文作家としての私と、評価されない詩をそっと書き続ける私、つまり、昼と夜に引き裂かれた二人の〈私〉は、テフィという人気作家と、その内に隠れたナデージュダ・ロフヴィツカヤという目立たぬ詩人なのではないかとも読める。さらに、この詩人とは、早逝した姉マリアの場を譲り受けた〈私〉でもある。幼い日の姉妹が書いたシナリオでは、妹に場を譲って詩人を引退する予定だった姉は、人生の最後まで人気詩人として引退が叶わず、仕方なく本名を隠して妹が詩人になるとまもなく病に命を奪われてしまう。もしかしたらナデージュダは、姉の死に対し、引退を待たずに詩人となってしまった自分の罪を感じていたのではないかとも思えてくるのである。そんなナデージュダの詩では、なぜか〈夜〉が描かれることがとても多い。

2年後の1917年、ついにロシア革命が起こる。テフィは「サティリコン」誌に祖国への愛をこめてレーニン宛ての文章を掲載したりもしたが、1918年の秋に雑誌は休刊となってしまった。活動の場も失くし、混乱に陥った国で恐怖と不安に満ちた彼女は亡命を決意する。まずはウクライナのキーウへ、しばらくするとオデッサへ移り、さらにいくつかの都市を経て、最終的にパリへたどり着いた。亡命者の多くがそうであったように、テフィもまた、いずれ祖国が落ち着けば帰国できると期待していたのだが、その希望は叶わなかった。けれども、パリに落ちついたテフィは、そこでもまた作家として素晴らしい人気を得ることになる（彼女はフランス語も堪能だった）。一方で、祖国ロシアではその後長く忘れ去られてしまうことになる（彼女の作品が母国で出版されるのは1960年代になってからだった)。

私の灯は消えつつある……
真夜中が窓の中を覗いている……
私には誰も必要ない
私はだいぶ前に死んだのだ!

私は春に死んだ
静かな夕暮れの刻に……
私に話しかけないで
私は眼を開けはしない!

私はもう生きかえりはしない
幸福のことを考えるのはやめて!
黒い、悪意の言葉が
私の心に吸いついている……

私の灯は消えつつある……
周りで影たちがひとつになった……
静かに！　私に涙など要らない……
あなたは私のために祈って！

（1910）

ロシアでもパリでも作家として華やかなイメージを纏ったまま才能を開花させたが、その人生には、親友のように仲睦まじかった姉の病と死、革命と二つの世界大戦という悲劇的な出来事が絶え間なくあった。次第に彼女の作品には、内なる〈夜〉の闇が、じわじわと〈昼〉へ滲出してくるかのようにノスタルジックで悲哀に満ちた言葉が溢れるようになる。しかし、まだ革命も世界大戦も姉の死も起きていない悲劇の前の1910年に書かれた詩でテフィが自分の〈死〉を描き、その〈死〉をためらいもなく受け入れる強い意志をすでに秘めていたことには驚く。

1930年代に入るとテフィは回想を書き始める。自伝的な短編の他に、自身がこれまでに出会った著名な人たちをめぐるテクストも手掛け、そこには怪僧といわれたラスプーチンや、レーニンやコロンタイなどの革命家たち、ソログープやバリモント、ギッピウスといった象徴派の詩人たちなど同時代を生きた面々の生き生きとした姿が綴られている。

第二次世界大戦が始まると、亡命ロシア人であるテフィはパリでの仕事も激減し、病も手伝って生活が困窮してしまう。それでもなんとか終戦まで生き延びて執筆にも意欲を見せていたが、以前のユーモアはもうそこにはなかった。読者を楽しませるための〈太陽と幸福のこと〉は姿を消し、〈夜〉の闇の中で見い出す言葉に没頭する日々。けれども、もしかしたら、それこそが彼女の本望だったのかもしれない。

1952年10月6日、テフィことナデージュダ・ロフヴィツカヤは、パリで80年の生涯を閉じた。彼女は今、多くの亡命ロシア人たちと共に、パリのサント＝ジュヌヴィエーヴ＝デ＝ボワ墓地に眠っている。2022年は、生誕150周年、没後70年にあったというのに、またしても戦争は詩人の運命に影を落とし、ロシア国内でもパリでも目立った会などはほとんど行われることがなかった。本人はそんなことを望んではいないだろうが、せめてここで大切な詩人のためにしばし祈りを捧げたいと思う。あなたの詩が、今とても心に響いていると伝えながら。

11　すべての詩は啓示となる

アデライーダ・ゲルツィク（1874－1925）

幼いミラ・ロフヴィツカヤとテフィ姉妹がペテルブルクで片言の言葉を覚え始めた頃だろうか、ロシアの別の町で、やはりのちに詩人となる姉妹が誕生した。アデライーダ・ゲルツィクとエヴゲニヤ・ゲルツィク（1878－1944）、ゲルツィク姉妹と呼ばれる二人だ。

ゲルツィク姉妹は、一家のルーツはポーランド貴族の血を引くとはいえ、ロシアの貧しい鉄道技師の家庭に生まれ、父の仕事の関係で、モスクワ、アレクサンドロフ、セヴァストーポリなど、ロシア帝国内の鉄道のある町を転々としながら子ども時代を過ごした。早くに母を亡くしたが、父が再婚したエヴゲニヤ・ヴォカチは、作家のイヴァン・ブーニンや思想家のイヴァン・イリイチらと親戚筋に当たる非常に教養のある女性だった。才能を秘めた幼い二人の姉妹にとって彼女は、母であり教師であり友人ともなり、その人生に非常に大きな影響を与えたのである。継母の家庭での教育によって、二人は5カ国語を習得したという。その後、アデライーダはモスクワの女子貴族寄宿学校へ、エヴゲニヤはモスクワの女子高等課程へと進学した。ここでは姉アデライーダの人生と詩に焦点をあてたいと思う。

エヴゲニヤの『回想』（1973年にパリで出版）によれば、姉アデライーダは、「思慮深く、人に打ち解けない子どもで、とても根気よく勉強していた」。寄宿学校での学業を修めると、その後は独学で哲学や歴史、芸術などを学び、やがて文学に身を捧げようと決意する。そして、1899年からアデライーダの翻訳や文芸批評は少しずつ文芸誌に掲載されるようになった。彼女は、とりわけ、英国の思想家ジョン・ラスキンやニーチェの翻訳者（妹と共訳）としても名を知られるようになる。1904年にブリューソフが創刊した象徴派最大の文芸誌「天秤座」では、V・シーリンという男性の筆名で書評を執筆している（この筆名は後にウラジーミル・ナボコフが使用することになる。ちなみに、ナボコフもクリミアのヴォローシンの家に集まった作家の一人だった）。

1907年、ロシアの「銀の時代」に「アデライーダ・ゲルツィク」という名の女性詩人が登場する日が訪れた。その新しい詩人の詩行には、孤独に倦み、みずからの精神のありようを模索する女性の声が響いていた。

秋の農繁期を心にそよがせ
ここを夢のように通り過ぎたのは死ではなかったか
庭園の黄や赤に色づいた葉を
墓の腐敗の焚火に集めて

黒い林の向こうはなんたる静けさ
彼方の黄金はすっかり飲み干され
そして野霞は平穏をもたらし流れてゆく
灰色の忘却で悲しみに復讐しながら……

そして大地はすべて、煙った灰が
充満した暗い骨壺のよう
ただ聖霊だけが穏やかで
荒野の賛歌のように成長し熟しゆく

（1907年秋）

ヴャチェスラフ・イヴァノフが出版した象徴派の文芸作品集『ホーライの花園』（1907）で

詩人としてのデビューを果たしたアデライーダの創作は、まさに神秘主義的な雰囲気を放ち、象徴派の詩人たちを感嘆させることになる。彼女の詩には、イヴァノフも指摘するようにフォークロアの世界を彷彿とさせる風景が広がっているのだけれど、そこに、人間の精神の深淵と濃淡を問うような知的で叙情的な比喩が置かれている。刈り入れられた秋の野は〈荒野〉に戻り、そこには〈聖霊〉がいる。人間に惜しみなく実りをもたらし、生を終えた〈大地〉は巨大な〈暗い骨壺〉と化し、そこには〈灰が充満〉している。秋の野を風のごとくひと吹きしたのは〈死〉ではなかったか。今や生は色を変え、大地はすべて暗き墓と化した。

アデライーダ・ゲルツィクの詩は、決して陰気ではないが、秋、老い、死といった生の終わりを、この世の終わりと重ね合わせて死を倍加させるものが多々ある。1910年に出た最初で最後の詩集である『詩集』は、自然の内なる生の力を洞察しながら、生／死の交差するトポスを見つめるアデライーダの初期の象徴派的な魅力がまさに〈充満〉している実り豊かな1冊だ。

家庭の日常や子ども時代の世界を再現することを好んだ妹エヴゲニヤとは異なり、アデライーダは、神秘主義的なもの、自分の精神が生成されていく音に耳を傾けることを好んだ。子どもの頃の思い出も、アデライーダにとっては、精神的なるものが育まれ、変化していく精緻な時間の連続であり、それは日常生活を流れる時間とは違う肌理《きめ》と速度をもっている。そして、精神的なるものとは、詩人として世界を見るまなざしでもある。姉妹は晩年、それぞれに回想記を執筆しているが、一緒に子ども時代を過ごしているにもかかわらず、見える世界、表現する世界は異なっている。私たちはすぐに、同じ物を見ていれば同じ記憶になると無邪気に信じてしまい、どちらかの記憶の信ぴょう性を問うようなことをしたがる。でもきっと、どちらの回想も真実なのである。

さて、詩集が出る前年、アデライーダは、ドミトリー・ジュコフスキイーと結婚をしている。ジュコフスキーは文学者・翻訳者で、出版業に携わる編集者でもあり、彼の周りには銀の時代の詩人や作家たちが多く集っていた。１９１０年からモスクワに暮らし始めた二人の自宅は文学サロンとなり、哲学者のニコライ・ベルジャーエフやレフ・シェストフ、詩人のマクシミリアン・ヴォローシン、マリーナ・ツヴェターエワといった錚々たる面々と友人関係を築いている。後にツヴェターエワは回想の中で、このヴォローシンやアデライーダとの日々を「情熱的な友情」と呼んで懐かしんでいる。ツヴェターエワとゲルツィクは詩人としてのデビューもほぼ同じで、互いに影響し合ったことは間違いない。

また、ゲルツィクには国外にも夢中になった作家がいた。ドイツ・ロマン主義を代表する女性作家ベッティーナ・フォン・アルニム（１７８５－１８５９）だ。アルニムは書簡体小説で知られる作家だが、アデライーダはとりわけ、彼女の長編『ギュンデローデ』の中で描かれる女性同士の友情のエロティシズムに惹かれていた。アルニムの人生について、とりわけゲーテとの関係については、ミラン・クンデラの『不滅』でも言及されているが、このクンデラのテクストの最後で、アデライーダの関心を長い間捉えていた「世界における女性の役割」が神秘主義を背景に語られていることは興味深い。「永遠にして女性的なるもの」、それはまさに、銀の時代の詩人たちを捉えた思想のひとつでもあった。アルニムの小説は、ニーチェの翻訳者でもあるアデライーダにとって、ドイツの哲学、神秘主義的な女性的なるものへの感性、そして文学的魅力などあらゆる点で霊感を与えてくれるものだったに違いない。

けれども、ゲルツィクにも革命とその後の国内戦の時代がやってきた。アデライーダはクリミアのスダクという町で革命を迎えた（妹も同じくクリミアにいた）。1917年のボリシェヴィキ革命の後、ロシア国内は革命を支持する赤軍と、革命を阻止しようとする白軍とに分裂し、4年以上も内戦が続き、町は荒廃し、社会は混乱した。さらに1920年からは激しい干ばつによる飢饉も加わって多くの人が亡くなり、生き残った人たちも過酷な生活を強いられることになった。エヴゲニヤはこの時のことを後にこう記している。

18-20年。なにもかもが凍えている。私たちは誰のものなのか、何が私たちのものなのか自分でもわからない。私たちはほったらかされ、家からはまだ追い出されたりはしていないけれど、葡萄園や菜園は踏みにじられ、実りはもぎ取られてしまった。大地はもう養ってはくれない。大地はただ、影もおとさぬ煉獄の魂たちにとって亡霊のような背景にすぎない。過去も未来も。私たちは飢えていた。

それだけでは済まなかった。アデライーダの夫ジュコフスキーは、当時、クリミアのシンフェローポリ大学の教授になっていたのだが、貴族の出自があだとなって、1920年に大学を解雇され、領地は没収、市民権を剝奪され逮捕されてしまう。1921年1月には妻のアデライーダも逮捕。彼女は冬のクリミアで、3週間を監獄で過ごすという体験まですることになる。

ただでさえ、1917－18年の革命の時期、アデライーダの詩はその深奥を失って、きわめて簡素で単純なものとなっていたのだが、夫の逮捕に続き、自分自身も文字通り囚われの身となっては、これまでの幸福な日々のような神秘的な比喩に満ちた詩など書けようはずもない。拘束中アデライーダは、他の貴族階級出身の人たちと地下監獄に収容されていた。その中から一人、また一人と連れ出されては銃殺されていった。アデライーダ自身も常に死のそばにいた。彼女が創作の中で追求し続けた「死」は、今や比喩でも神秘性を孕むものでもなく、いかなる神の存在も感じさせぬ現実となって彼女の顔をじっと見つめているのだった。

けれどもアデライーダは生き残った。その時アデライーダの命を救ったのは、詩だった。監獄に詩を愛する若い予審判事がいた。彼は取り調べの際に詩人を認めると、自分のために「地下室の詩」を書かせ、「○○に捧ぐ」と自分宛ての献辞を入れてくれと頼んだ。そうしてアデライーダは詩に救われ釈放された。彼女は他にも、この地下室の日々を綴った詩やルポルタージュも書いている。この2週間の投獄をもって彼女の象徴派時代は終止符を打ったといえるのではないだろうか。監獄をめぐるテクストでは、過酷な経験を経たアデライーダの人間としての成長と、生や世界に対する感情の変化が見られ、その変化は、その後の残りわずかな人生でも続いた。

疲れ果て涙も果てた心で
誰が私のことを待っていたのかを
私は知った——でも、もう遅かった
もしそれが老いならば、私は祝福しましょう
そのやさしさと柔和さと
思慮深いその歩みを
思考も欲望にも
かつての激しさはない
夜の眠りはより穏やかになり

子どもたちはより近くなり
敵たちは死んでしまった
望まぬのに見、忘れながら覚えている
そして彼方の深淵や断崖へと
新たなさすらいの旅を企てることもない
青くなりながら、避けられぬ別の道が手招きする
そして道の果てで、目からうろこが落ち
峠では、過ぎ越してきた方がすべて溶け
日没の時には、太陽が
大地に黄金を注ぐ
もしそれが老いならば、私はそれを受け入れよう

（1925）

1925年に書かれたこの詩は、アデライーダ・ゲルツィクという一人の女性の精神が完全にその生成を終えたことを示しているようにも感じられる。若い日の神秘主義者は、収穫を終えた野に〈死〉を見て、大地を〈骨壺〉に喩え、夕刻は〈彼方の黄金はすっかり飲み干され〉、日没を太陽の光の余韻すらも尽きた〈死〉のように表現したが、かたや、50歳を過ぎた詩人は、かつての激しい

欲望を離れ、眠りも穏やかになり、そして、〈日没の時には、太陽が／大地に黄金を注ぐ〉と謳う。いま、詩人の中では黄昏の時が輝いている。

〈老い〉は、まもなくたどり着く死への歩みだけれども、それは穏やかな移行であり、生の最後の輝きでもある。避けることのできない道をゆくと、その果てで〈目からうろこが落ちた〉のだという。確かに、若き日のアデライーダの詩には、〈老い〉の果ての〈死〉という考えはなかった。それは当然といえば当然だけれど、こんなにも穏やかに死にたどり着こうとしている自分に驚きながらも、誇り高く老いを受け入れようと語る最終行は、一種のカタルシスをもたらすようにも感じられる。

それともこの太陽の輝きは、彼岸たる死が闇の国ではなくなったことを意味するのだろうか。その人生の最後の1年間、病に伏していたわけでも、高齢なわけでもないのに、アデライーダは、死と死後の世界のことを絶え間なく考え続けていたことが書簡などからわかる。1924年1月に妹のエヴゲニヤにしたためた手紙には、「終わりが近づいているという感覚と、それへの準備ができていないという感覚が、私を放してくれないの。そのせいで心が痛むけれど、終わるからというせいじゃなくて、まったくだめな人生だったことと、最後の日々ですらちゃんと意識的に生きられないからなの。神のための時間がなくて恐ろしい」と吐露されている。

〈老いを受け入れよう〉と詩に書いたその年の夏、アデライーダは急性腎炎になり、発病からわずか2週間で息を引き取った。そのとき詩人は、黄金が注ぐ光景を目にしたのだろうか。詩人の最後の言葉を聞くことのできないもどかしさに私たちはいつも耐えなければならない。

12 わが歌は私が死んでも朝焼けに響く

ガリーナ・ガーリナ
(1873?-1942?)

ガリーナ・ガーリナは1870年代初頭にペテルブルクで生を享けた。ガリーナ・ガーリナという素敵な名前はもちろん筆名で、本名はガリーファ・リンクスという。書類上の父にあたるアドルフ・リンクスは実は彼女の父親ではないのだが、すでに関係が終わっていた母との離婚が成立していなかったため、詩人の本名に姓と父称(父親の名前から作られるもうひとつの名前で、ロシア人は公的にすべての人が父称をもたねばならない。ガリーファの父称はアドルフの娘を意味するアドリフォヴナ)として残ったのである。ガリーナ自身も二度の結婚でたびたび姓が変わってはいるが、私たちにとっての彼女はいつだって「ガリーナ・ガーリナ」である。

ギムナジウムを卒業したガリーナは電信技師になる。この時のことは、後の中編小説「電信技師の生活から」(1900年に雑誌「人生」に掲載)に描かれている。詩人としては、1893年に

「道中で」というとても若々しく希望に満ちた作品で出発した。この詩は、霧にむせぶ夜闇の中を、遠くに見える火を目指してひた走る列車を描き、〈速く動くってなんて素敵なの〉と1行目で詩人がいっているように、この時期には稀有なスピード感に溢れた詩だ。全訳はご紹介できないが、この詩では、自由な社会を目指し、〈前へ、前へ!〉と心を躍らせる若き社会活動家であったガリーナの未来への夢が微塵の迷いも怖れもなく謳われている。1902年には第1詩集『詩集』、1906年には2冊目の詩集『夜明けまえの歌』が出版された。ガリーナが広く人気となるのは、「森が伐られる……」(1901)という詩を発表してからで、今もこの詩がもっとも愛されている。

森が伐られる——若く、やわらかな緑の木々が……
老いた松たちは陰気な顔でうなだれ
解決しえぬ重苦しい思いに満ちている……
黙りこくって、天のものいわぬ果てを見つめている……
森が伐られている…… 朝早くにざわついたから?
暁にぐっすりと眠る自然を起こしたから?
あまりにも勇ましく　太陽や幸福や自由の歌を
若葉でもって歌ったから?
森が伐られている…… だが大地は種子を隠している

数年が経てば、たくましい生命力で
白樺の緑の壁が高く伸びゆくことだろう
そしてふたたび共同墓地の上でざわつきだすだろう

（1901）

ここで詩人が〈森〉と呼んでいるのは学生たちのことだ（ちなみに、〈白樺〉はロシアでもっとも愛され、ロシア人の生活と切り離すのことのできない象徴的な木である）。19世紀末に資本主義が急速に発達したロシア帝国は、一部の肥え太る資本家と多くの飢える労働者・農民を生み出し、経済成長が孕む社会の矛盾を明確に表面化させた。こうした中で、キーウやペテルブルクといった大都市では、学生たちによる民主化運動も活発になっていく。とりわけキーウでは、警察による大学内の監視や検閲の廃止を求め、広く民主化を求める学生たちの組織が果敢に闘い、かなり厳しい取締まりに遭う。その結果、1900年には183人の学生が大学を追われ、軍隊に入れられてしまうという「事件」が起きる。この詩はその時に書かれたものだ。

ガリーナは、権力に対して立ち上がる学生たちの思想と人生に共鳴するように言葉を繋いでゆく。若く美しい木々が力によって倒され、豊かな森が潰されていく様を目の当たりにしながら、いったいなぜ彼らは〈伐られ〉なければならないのかと訴えかける。この時、27歳になっていた詩人は、もはや〈若く、柔らかな緑の木々〉ではないが、〈老いた松〉にはまだ遠い。その狭間にいて、学生たちの声を風にそよぐ〈若葉の歌〉に喩える詩人の目はどこまでもどこまでも優しい。けれども、伐られた木々は再び森に生きることはない。その悲しみを乗り越えるために、最後の4行で詩人は一気に希望を言葉にし出す。若き学生たちが蒔いた種は森の土の中に眠っている。それはやがて目覚め新たな若木になるだろうと。〈共同墓地〉に眠るのは伐られた学生たち、その上で次の世代の学生たちが同じように社会を変える活動を始めるのだと。

ガリーナ自身も民主化を望むリベラリストで社会活動に参加していた。この詩は創作されてからしばらくの間、公表されずに回し読みされていた（後に雑誌に掲載される）。1891年3月3日、首都ペテルブルクの作家同盟の会で、ゴーリキーやバリモントら大御所の作家たちを前にガリーナはこの詩を朗読した。一方、翌日の3月4日、ペテルブルクのカザン広場では大規模な抗議デモが行われた。このデモはガリーナの詩の朗読と直接の因果関係などないにもかかわらず、これを理由に詩人は首都を追放されてしまう。ゴーリキーが編集していた文芸誌「人生」も、ガリーナが頻繁に寄稿していたとして休刊を強いられることになる。

とはいえ、血の日曜日事件から始まる1905年の第一革命の際には、ガリーナは社会活動の中でも、さまざまな場で自分の詩を朗読していたという。決して気取ることのない彼女の詩が街頭で読まれる時、偶然それを耳にした労働者や若者たちが、あるいは、飢えることにさえ慣れてしまった痩せた老人たちが足をとめたのではないか。そんな光景が想像の中に広がる。ガリーナのまなざしはいつもどの世代の人にも温かく注がれるのだから。

実はガリーナには、「森が伐られる……」の5年前に書かれた「私が白髪の松を歌うのは」（1896）という詩がある。冒頭の一部だけご紹介しておこう。

私が白髪の松のことを
もの思いがちな松のことを歌うのは
生まれ故郷で、鬱蒼と茂ったその枝が語る
おとぎ話を聞きながら眠りについていたから……
松の木たちは私のために、開いたばかりの
スミレの花を大切に守ってくれたから……

まだ若き詩人はここで老いた松の包容力を歌い、若い世代への優しさを記している。この先の行でも、つらいことがあると彼らの元へ行き、〈自分の秘めた思いを彼らだけに話す〉のだと打ち明けている。ガリーナ・ガーリナという詩人の感性は、人間社会を多様な樹々の集う〈森〉と見る。

上の世代は若い世代を見守り育てているはずなのに、皇帝の権力のもとでは、その心優しい老いた松たちも白樺を伐採から守ることはできず、〈陰気な顔でうなだれ〉るしかないことが、ガリーナを落胆させたのだった。

そもそも初期の頃からガリーナ・ガーリナは、みずからの心が体験したこと、感動したことを詩に綴るという詩人で、芸術性を追求して実験的な創作を行うという象徴派的なタイプではなかった。そのために、ブリューソフやギッピウスは、彼女の2冊の詩集を、技巧が凝らされておらず、韻律も定型通りにすぎないと批判した一方で、彼女の詩は多くの音楽家たちに愛されたのである。ラフマニノフのロマンス「ここは素敵」「私の窓辺に」をはじめ、グリエールやグネーシンなど、ガリーナの詩に曲をつけた音楽家たちは少なくない。それもそのはず、彼女はいつでもみずからの詩を「歌」と表現しているのだから。

私は死ぬ……でも私の夜明け前の歌は
いっしょに死んだりしないかもしれない
朝焼けのときまでであれ生き永らえるかもしれない
まばゆい一日の朝焼けのときまでは！
そして明るい夢想としてのみ私が夢に見たものは

現《うつつ》で我が歌を迎えることだろう
それにもしかしたら、若い誰かの心のなかで
熱い涙となって私はよみがえるかもしれない
私の墓にも、新しい自由な朝焼けの歌が
飛んでくるかもしれない！
そして小枝のささやきのように、我が夜明け前の歌が
それに応えて響くかもしれない

（1907）

〈歌〉は、詩人がこの世を去っても残るもの、その希望をガリーナは詩に見い出していく。自分がこの世を去っても、〈我が歌〉は誰かの心の中で〈よみがえるかもしれない〉、その声は自分の墓に聞こえてくるかもしれないと喜びをもって夢想する詩人は、デビュー作で遠い火を視野から逃さずに疾走する列車を描いた時とまったく変わらない。そして、「森が伐られる……」の中で、新たに茂った木々が共同墓地の上で若葉をそよがせたように、自分の墓の上にも新しい詩が歌となってやってくる日もあろうと、その未来に思いを馳せるのである。その夢は実現し、真の「歌」となったガリーナの詩は、今も世界のあちこちで絶えることなく歌われている。その声は詩人の耳にもきっと届いているにちがいない。

しかし残念なことに、ガリーナの墓がどこにあるのか今は誰も知る人がいない。それどころか、ガリーナ・ガーリナという詩人が、あるいはガリーファという女性が革命後どこでどのように生きたのかを伝える情報もまったくない。詩の発表は1916年で途絶えてしまっている。十月革命の際に夫とともに亡命したという説もあれば、いや、ソ連に残ったがレニングラード封鎖中の1942年に亡くなったという説もある。詩人が夢想していた自分の〈墓〉はいったいどこにあるのだろうか。

いつ生まれたのかも、いつ亡くなったのかもはっきりわからぬまま、銀の時代のロシアを駆け抜けた詩人ガリーナ・ガーリナは、鳥のように、同時代の人びとの耳に美しいさえずりを届けて飛び去っていった。けれど、詩は鳥なきあとも響きつづける。悲しく美しい朝焼けの歌のように。

13　テクストの彼岸にいる私　リジヤ・ジノヴィエワ＝アンニバル（1866－1907）

おお、倦むことなき自由への意志よ、きつく弓を引け！　もしおまえが死んだ男だろうと死んだ女だろうとも――私は生きている。

もし私が死なねばならぬとしたら――おまえのために、仲間のために、世界のために死のう。

死よ、こちらへ来い！　生も死も私には同じ。生も死も等しく私を酔わせてくれる。

力強く恐れを知らぬこの文章は、リジヤの最後の作品となった短編集『悲劇的な動物園』（1907）の最後の短編「自由」の中の一節である。自然あふれる地方で、感受性豊かな少女は動物や虫や植物たちの営みに感嘆し、同時に、貧しい農民たちの生活を目の当たりにしながら、自分の中に生じる人間社会への疑念から目を背けることなく成長した。正義感あふれる18歳の主人公ヴェーラが新しい世界を求め、自己犠牲も厭わずに歩き出す未来を示唆して終わるこのテクストは、情熱的な一人の少女の成長物語だが、そこには、作者が世界へ向けるまなざしをはっきりと見ることができる。

リジヤ・ジノヴィエワ=アンニバルは、ロシア象徴派の中心人物である理論家ヴャチェスラフ・イヴァノフの妻でもある。二人の自宅は「塔」と呼ばれ、銀の時代の芸術家たちのサロンとなっていた。「塔」は、サンクト・ペテルブルクのタヴリーダ通りとトヴェルスカヤ通りが交差する角に位置し、その円柱形のモダンな建築は塔を思わせる（現在も保存されている）。タヴリーダ通りは、その美しい庭園を含めロシア帝国時代に建てられた貴族の邸宅を代表するタヴリーダ宮殿（エカテリーナ2世の寵臣であったグリゴリー・ポチョムキンの屋敷）の東側を走っている。すぐそばを北と東に蛇行するネヴァ川が流れ、地図で見ると、この一帯はまるで浮島のようだ。「タヴリーダ」とはクリミアのギリシア語での古名である。ポチョムキンの政策によりクリミアを併合したエカテリーナ2世は、この半島の名を「タヴリーダ」と改名した。その響きは、厳しい冬の寒さに見舞われる北の都に21世紀の現在もなお、庭園や通りの名となって生き続けている。

リジヤは、1866年3月1日にペテルブルクの貴族の家に生まれた。祖父は元老院の議員、叔父はヴァシリイ・ジノヴィエフという将軍、兄はペテルブルク知事、母はヴァイマルン男爵の娘という帝国時代にあっては申し分のない家柄だ。
リジヤは、できたばかりの女子ギムナジウムへ入学するが、頑固な性格で校風になじめず退学、もっぱら自宅で教育を身に受けている。そして、18歳のときに、家庭教師だったコンスタンチン・シヴァルサロンと結婚する。夫の影響で社会主義に関心をもったリジヤは、生来の情熱的な性格もあってか、社会変革へ強く惹かれ始める。二人はナロードニキとも交流し、自宅では非合法な集会も催されていたという。

しかし、やがて夫との関係がうまくいかなくなると、彼女は3人の子どもを連れてヨーロッパへ向かった。このヨーロッパ滞在中の1893年に、ローマでヴャチェスラフ・イヴァノフと出会うのである。当時、イヴァノフにも妻がいたが、二人は1895年から一緒に暮らし始めている。シヴァルサロンが離婚になかなか応じなかったため、リジヤとイヴァノフの結婚は99年まで待たねばならなかった。こうして銀の時代の中心となるあの「塔」が生まれるのである。

「塔」には20世紀初頭のロシア文化の豊かさを象徴するような多種多彩な面々が訪れていた。シンボリズムを代表する詩人のワレーリー・ブリューソフやアレクサンドル・ブロークから、アンナ・アフマートワとニコライ・グミリョフ夫妻、オーシプ・マンデリシタームなど、想像しただけでもめまいがするほど濃密な場だったにちがいない。アヴァンギャルド詩人のウラジーミル・マヤコフスキーも、塔の高みにあるあのベランダが好きだったという。私が初めてこの場所を訪ね、今はもう住人のいない朽ちかけた塔を見上げた時、ベランダに出て冷たい空気に触れ心地よさげな顔をするマヤコフスキーの姿が見え、彼の背後の開かれた扉から漏れてくる室内のざわめきが確かに聞こえたような気がした。

白夜

深紅の盾は沈んでいったが　溺れてはおらず
金色の楽園の流れの中で赤熱していた……
そして沈んでしまった……。あちらの空が焼けるあたりでは
洗礼盤の消えることなき光が燃え立っていた

オパールはたゆたいながら
石の深みから淡き蒼や青緑へめらめらと燃えている
夜になり影もない　死んだわけではないが
東洋のラッパを合図に夕焼けの火は消えた

光は動かず　家々は広がりがなく
用心深く、そして盲目だ　夜は昼のよう
でも影がはっきりと境界を定めないのだ

川は映した奇跡を保存している
川は奇跡の火を洗い流すのが億劫だ……
こちらには暗示、あちらには結果だけがある

（1907）

実はリジヤ・ジノヴィエワ＝アンニバルは詩よりも散文や戯曲を多く手掛けた作家だ（戯曲も韻文で書かれてはいる）。そのため、現在読める詩作品は他の詩人に比べるとそう多くはない。そんな中で、彼女の詩というと真っ先に思い浮かぶのがこの「白夜」である。ペテルブルクの6月を包みこむ白夜は得も言われぬほどに美しい。なにしろ白夜を謳った詩は無数にある。すでに紹介したマリア・モラフスカヤの「白夜」と比べてもわかるが、どの詩人のどの白夜もそれぞれの相貌をもち素晴らしいものだけれど、リジヤの詩は、この都市の夏に何があろうとも必ず訪れる白い夜の美を言葉でいかに表現すべきかを教えてくれているかのようだ。

ペテルブルクの白夜は、白い空に散りばめられた宝石のようだと形容されることがある。遅い日没は、豊かな水を湛えるネヴァ川と空との境界を曖昧にしながら、その青いカンバスに鮮やかな夕焼けの色を振り撒いていく。白夜の晩はゆっくりと暮れてゆく。濃淡を変えながら夜へと変身していく空は真っ赤に燃え上がるところもあれば、空焼けの隙間から背後の青色を覗かせる部分もあり、色彩のグラデーションが広がる時間もある。あるいはまた、川や運河の青い水面に夕焼けの色が溶けだしていき、カラフルな正教寺院の円屋根や貴族の邸宅の色もそこに加わって、視野のすべてが色彩の音楽を奏で出すときもある。時間は速度を変え、日が暮れているのだか夜が明けているのだかわからなくなる瞬間が生じ、誰もがその錯覚にとまどう経験をする。だからこそ白夜は表現者たちを刺激してやまないのだろう。

誰よりも妻を崇拝していたイヴァノフは、リジヤの作品に「移ろいやすいものの複数性」があると指摘している。それは散文においても詩においても、自然と人間（人工物）が溶けあう時に発揮されるものだ。太陽は〈深紅の盾〉となって海に沈んでゆく。さまざまな色を見せる空は〈オパール〉のように、たゆたいながらめらめらと燃えている。この世界に動きをもたらしているのは自然現象であり、そこに人間の行為が介入する余地はまるでない。人の気配すら見えず、まるで無人都市のようだ。それでもただひとつ、詩人のまなざしと言葉がある。人間の出番などまるでないかのような自然の営みだが、それは人間のまなざしと言葉によって永遠の存在を約束する詩になることができるという仕掛けになっている。白夜の街とそれを讃える詩人がいるのではない、白夜を謳った詩が生まれると、そこに詩人を内在しているのである。

実は、リジヤ・ジノヴィエワ＝アンニバルは、「ロシアの太陽」といわれる国民詩人アレクサンドル・プーシキンの遠縁でもある。このことはもちろん、彼女の不思議な魅力を助長することにもなったにちがいない。「塔」の女主人として優雅に振る舞う姿はあまりにも魅力的で伝説にもなっているのだが、知的で芸術的なイヴァノフとの12年間の生活は、二人がまるで一心同体であるかのように常に一緒にいたこともあって、どの本を開いてもイヴァノフの言葉がリジヤを語り、あるいは代弁し、時には言葉を奪っているように感じることもある。夫妻の友人である哲学者のニコライ・ベルジャーエフがリジヤのことを彼らの「プシュケー」と呼んでいたという逸話も、彼女の魅力を伝える反面、その本質を隠してしまうようでもある。

リジヤには『三十三の歪んだ肖像』（1906）という歴史に残る中編小説がある。この作品はロシア文学初のレズビアン小説として注目を集め、センセーショナルに読まれたのだが、もっとも興味深い点は、33人の男性画家たちが同時に描いた主人公ヴェーラの肖像が、どれも〈歪んだ〉ものので、ヴェーラには自分の姿だとは思えず、彼らは自分の愛人か女王を描いたのだろうと理解するところだ。男性によって表現された自分の姿への違和感は、ヴェーラの恋人を女性にすることでそこから逃れようとする作者自身の葛藤でもある。男性の言葉で語られるリジヤではなく、彼女自身の姿と言葉に会いたい——そう思うなら作品を開けばいい。彼女はいつでもテクストの中にいる。

そして、リジヤの内には、正義感と理想を抱き、社会の変革を目指したあの少女も生き続けていた。「白夜」が書かれたその年、リジヤはモスクワ郊外の村で夏の休暇中に猩紅熱にかかった農民の子どもや女性たちの世話をしていた際に自分も感染してしまい、10月に突然、41歳で亡くなってしまう。

「塔」の女主人の死は、銀の時代の詩人たちを驚かせ、そして悲しませた。ブロークや作家のセルゲイ・アウスレンデルらが彼女の死を悼む追悼文を残している。予期せぬ病に連れ去られたとはいえ、こうしてみると「白夜」という詩は暗示的でもある。視界から消えてしまった詩人は、死んでしまったわけではない。燃える夕焼けは消えても、その〈奇跡〉は、川の水面に残っている。〈こちらにあるのは暗示、あちらには結果だけがある〉——水面には華やかに燃えた生の反映が漂っている。それは仮象にすぎないが、今は彼岸にいる人を想起させる。ロシア文学で初めてのレズビアン小説の作者、「塔」の美しくエキゾチックな女主人という肩書を少し離れて、その奥にある人を見ようとすれば、頑固者だなどと言われていたことが信じられないほど素直に命に向き合う一人の女性に出会えるのである。

14　ロシアのサッフォーと呼ばれて　ソフィア・パルノーク

（1885-1933）

ソフィア・パルノークという詩人の名は、マリーナ・ツヴェターエワとの関係において知られることが多い。銀の時代にあって自身がレズビアンだと公表した唯一の人であり、そのことで讃えられもし、また傷つけられもした。サッフォーをテーマとした一連の詩を書き、ツヴェターエワの名の傍らで常に言及され、攻撃的なレズビアンとして非難されることもあった詩人。セクシュアリティだけが取り沙汰されることの多いこの詩人はどんな詩を書き、一人の時間に何を思っていたのだろうか。そんな問いとともに彼女の詩を紐解いてゆくと、いつもどこか孤独なのに、それでいていつも自信に満ちた一人の女性がいた。

居心地の良さで私を手なづけないで
むしむしする囚われの身におびき寄せないで

四方を壁に囲まれた中に
生きたまま閉じ込めないで

詩人が家無きことと引き換えに
できる宮殿などない
郭公がカッコーと鳴くのは
巣をもたないからだから

（1927）

パルノークの詩はいつも孤独だ。激しく愛し合う人がいるときも、口づけのときも、体の奥深く、心と体の境界が見えなくなるところにいて決して出ていくことのない孤独を抱えているように響く。けれども、本当は、私たちの誰もが内に秘めているはずなのに見ようとはしないものに彼女は目を背けることなく、真摯に向き合っていた。

ソフィア・パルノークは1885年8月11日にロシア帝国南部の町タガンログで生まれた。チェーホフの生地としても知られるこの町は、アゾフ海に面した海辺の陽光あふれる地で、19世紀には重要な交易の拠点として、ギリシアやイタリアから来た人びとで賑わう大きな商業都市だった。かつて私が訪ねたときには、潮の引いた遠浅の海岸に無数のカモメたちが点在し、砂浜に咲き乱れる白い花のようだった。

そんな町の裕福なユダヤ人の家庭に生まれたパルノークは、父は薬剤師、母は医師で、何不自由なく豊かな教育を受けて育ったのだろうと想像できる。ソフィアには双子の弟（ヴァレンチン・パルノーフ）と妹（エリザヴェータ・タラホフスカヤ）がおり、彼らもまた音楽家と詩人として知られている。しかし、この弟妹を出産するとまもなく母が亡くなってしまう。やがて父は再婚したものの、ソフィアは継母との関係がうまくいかず、家での居場所を失ってしまう。ここに彼女の孤独の原点があるように思うが、ともかく地元のギムナジウムを卒業すると家族の元を離れてスイスへ渡り、ジュネーブの音楽院に入学した。

１９０３年、ロシアに帰国したパルノークは、地元へは戻らずペテルブルクで暮らし始める。

金色に染まった木々の物憂げなふくらみに
揺れもせずにしなだれた枝の疲労に
秋の凪がある　輝きの失せた彼方は
ひっそりと蒼白い　そして夜には星々の
戯れは冷たく　敏感な沈黙が

見張っているかのようだ――消えゆく葉たちの
無力な嗚咽、おどおどした最後の呻き声が
漏れ出さぬだろうか？　だが空気は霧で
重くなり……疲れきった庭はため息をつきそうだが
ためらっている　そして木々の葉の中で
妙に赤く燃えているのは　くすんだ金色で
血を流しているかのごときルビー色の一葉

1906年に、この「秋の庭」という詩が雑誌「人民の知らせ」に掲載され、パルノークは詩人としてデビューした。パルノークの実力は非常に安定しており、その後も詩人や文芸批評家として着々と実力を発揮し、文学人として実り多い日々を送っていく。さまざまな雑誌に作品や批評が掲載され、ホダセーヴィチやブリューソフらにも評価されて、文壇の信頼も得たにちがいない。

パルノークの詩にはリジヤ・ジノヴィエワ＝アンニバルと同様に、自然のモチーフがあふれている。そしてその中に、まるで隠し絵のように詩人とおぼしき気配が認められるのである。この無題の詩も、人物が誰一人描かれぬ詩行の中に置かれた、〈疲れきった庭〉や〈敏感な沈黙〉という驚くべき表現は、擬人化というありふれた比喩の機能を、私たちの想像以上に発揮し、信じられぬほどの効果をもたらしている。

ロシアの秋は「黄金の秋」と呼ばれるもっとも美しい季節。けれどもパルノークの黄金の秋は、疲れ果て、ため息をつくことさえできない。輝く秋の木々は沈黙に見張られて、最期の呻き声を出すことも叶わないのだという。19歳の才能あふれる若き詩人は、あの美しいロシアの燃えるように輝く秋を、なぜこんなにも重苦しく描いたのだろうという疑問が浮かぶ。けれども、その憂いは最後で見事に一転させられる――真っ赤に色づいた一枚の木の葉が不意にクローズアップされ、金色をくすんで見せるほどに燃えるその赤が、痛みを訴えているかのような流血の色に喩えられるのである。

さらに、ジュネーブの音楽院で学んだパルノークの詩は音楽性に満ちている（音楽と詩は分かつことのできないものではあるのだけれど）。この詩を読んでいると、光と色彩の奏でる音楽が今にも聞こえてくるようだ。パルノークという詩人は、自然や宇宙が奏でる音楽を聴くことのできる特別な聴覚をもっていたに違いないとさえ思えるのである。銀の時代の詩人たちは貴族階級の出身者も多く、革命を機に亡命した者、首都を離れた者などもいる。革命を支持したアンドレイ・ブロークは「革命の音楽を聴く」という表現を用いている。世界は音楽を奏でていて、それを聴き、譜面＝詩に写すことのできる者が詩人だということなのだろう。だとすれば、ブロークがパルノークを評価していた理由もよく理解できる。けれどもパルノークは、どの文学グループにも属することなく、独自の創作を貫いたのだった。

1914年にパルノークはマリーナ・ツヴェターエワと出会う。それからの二人の関係についてはよく知られているが、この恋愛が終わる1916年にパルノークは第1詩集『詩集』を出版している。この詩集はおおむね評判がよく、1922年に出した詩集『ピエリアの薔薇』では部数も3千部と増え、パルノークの芸術性は詩集が出るたびに高まっていった。けれども、詩人自身が戦争や革命にくずおれることなく芸術を追求しても、革命後のソ連で求められる文学の大きな変化（それは、それ以前の文学をほぼ否定するようなものでもあった）の中で、彼女の詩は読者を失っていき、第3詩集『薔薇』（1923）以降は書評なども途絶えてしまった。最後の詩集となった『小さな声で』（1928）以降、パルノークの詩は発表の場を失ってしまう。それでも詩人は、翻訳の仕事などで細々と生活しながら、自分の作品がいつか読者のもとへ届くと信じていた。

ソ連で忘却の淵に沈んでいたパルノークを再び読者のもとへ戻してくれたのは、文学者のソフィア・ポリャコワ（1914－1994）だ。ポリャコワは、パルノークの未発表の詩も集め、261篇すべての作品を1979年にアメリカで出版している。

「それがどんな値になろうと幸せになろう……」
ええ、我が友よ、私には幸せは人生に値した！
ほらもう死にそうなほどの疲労が
我が目もこころも閉ざすことだろう

ほらもう逆らいもせず、抗いもせず
私は心臓が停止の合図を出すのを耳にする
私は弱りつつあり、あなたと私を
きつく結んでいた手綱も緩みつつある

ほらもう風は自由にどんどん高くなり
すべてが花盛り、けれど周りではすべて静か
さようなら、我が友よ！　聞こえないの？
私はあなたに別れを告げているの、遠い友よ

（1933年7月31日、カリンスコエ村）

アグレッシブな面をもちながらも、若い頃からパルノークの詩には、常にどこかに疲労や倦怠が

影を落としていたけれど、ついに〈死にそうなほどの疲労〉が目と心を閉ざす時が来た。本人が死についてどれほど予感していたのかはわからない。自分のもとに訪れた死に、詩人は戸惑うこともなく冷静なようにも見える。この詩を書いた約1カ月後の8月26日、モスクワの西部にあるカリンスコエ村でパルノークの心臓は破裂した。〈心臓が停止の合図を出すのを耳にする〉と書いた自分の詩のままに、あまりにもパルノークらしい生の終わりであった。

それにしてもこの詩の最終連は見事だ。高いところを吹く風、花が咲き、明るい夏だけれど、詩人の〈周りではすべて静か〉で、もう何も音は聞こえていない。彼女の愛した自然はもう詩人の耳に届く音楽を奏でてくれない。その静寂のなかで最後に響くのは、詩人から友への別れの言葉。もう会うこともない友は、自分の別離の挨拶を聴きとってくれるだろうか。辞世の言葉となったのは、大切な人へ手向けられた〈さようなら〉。花束のような別れの言葉を友はきっと受け取ったことだろう。詩とは誰かに捧げられる決して枯れることのない言葉なのだから。

15　私は最期のときも詩人である

マリーナ・ツヴェターエワ（1892-1941）

詩とは誰かに捧げられるもの。それは身近な人かもしれないし、まだ見ぬ人かもしれない、あるいはすでにこの世にいない人かもしれず、自分自身なのかもしれない。誰にでも、どこからでも言葉を送ることのできる万能な手紙。

社会が大変動の最中にある時、自分の人生や生活が足元からぐらぐらと揺らぐ中で立っていなければならない時、誰かに語りかけることは孤独の質をわずかであれ変容させてくれる。そんな場面が、この詩人の人生にも数えきれぬほどあったことだろう。銀の時代と呼ばれた華やかな詩の隆盛期の最年少の世代として生を享けたマリーナ・ツヴェターエワは、短い人生の日々に、命に関わる決断を一度ならず迫られ、幾度もの移動を余儀なくされながらも、自分は詩人だという確固たる思いを糧に詩を書き続けた人だ。そして彼女の詩＝手紙は、幾ばくかの沈黙を経て再び姿を見せ、もう半世紀以上、ロシアで、そして世界でもっとも読まれ、愛され続けている。

他の人に無用なものを、私のところへ運んで
なんだって私の火で燃やしてしまえるはず
私は生も呼び寄せ、死も呼び寄せる
私の火への軽やかな賜物として

炎は軽い物が好き
去年の枯れ枝、花輪、ことばなど……
炎はそういうものを食べると燃えさかるの！
あなたがたは立ち上がることでしょう、灰よりも清らかに！

私は不死鳥、歌うのは火の中でだけ！
気高い我が生をささえておくれ！
私は高く燃え上がり、すっかり燃え尽きるの
あなたがたの夜が輝くように

氷の焚火よ、炎の噴水よ！
私は背の高い我が身を高く占めるだろう
私は高い我が位を高く占めるだろう
話し相手の女たちよ、後継者たる女たちよ！

（1918年9月2日）

ツヴェターエワの第5詩集『里程標Ⅱ』に収められたこの詩は、詩人としての自分を〈不死鳥〉に喩え、みずからの身体から発する炎でなんだって燃やしてみせると確信している。詩人たる〈私〉は囀るような鳥ではない、〈火の中でだけ〉歌う〈不死鳥〉なのだと。激しく燃え続けるためにはなんだって火種にしてしまおう、言葉さえも。燃えて燃えて燃え尽きるまで燃えて夜の輝きとなろうというのだ。ツヴェターエワには多くの詩があり、時期によって趣きも異なる。彼女の詩の世界の扉はどこから開いてもいいのだけれど、こんなにも強く自信に満ちた声が詩人との出会いであってもよいのではないかと思う。

マリーナ・ツヴェターエワは1892年10月8日にモスクワに生まれた。父はモスクワ大学の美術史の教授、母はピアニストでニコライ・ルビンシテインの弟子だった。しかし、その母が結核を患い、療養のためにスイスやドイツで過ごす中、マリーナも各地を転々とする幼少期を送った。本書で紹介した多くの詩人たちと同様に、教養ある両親の存在に加え、ヨーロッパでの生活や教育は、未来の詩人に豊かな実りをもたらしたにちがいない。

やがて、母の死というつらい経験を経たマリーナは16歳で詩を書き始める。そして、18歳の時に第1詩集『夕べのアルバム』を自費出版するのである。それはわずか500部の小さな詩集ではあったが、ツヴェターエワは、その1冊を文学の夕べに居合わせたあのヴォローシンに手渡したのである。ヴォローシンという人は、彼自身も詩人なのだが、実に不思議な人で、銀の時代の詩人たちで彼の友人でない者はいなかったのではないかというほどの交友関係をもち、人と人を繋ぎ、権威や名誉にはまるで関心をもたずに、若い詩人たちの才能を見いだし、見守り、育てていった。この小さな出来事の10日後、ヴォローシンによって書かれた書評が出る。そこではこの詩集とその作者である若き詩人の才能が絶賛されていたのである。こうして、ツヴェターエワは銀の時代の詩人たちの仲間入りを果たした。後に、夫となるセルゲイ・エフロンと出会ったのも、クリミアのコクテベリにあるヴォローシンの別荘を訪れた時のことだった。

とはいえ、待ち受けていたのは、詩人としても私人としても痛みの絶えぬ波乱の人生だった。1912年、出会って1年足らずでエフロンと結婚したツヴェターエワは、秋には娘アリアドナを出産。それでも翌年にかけて第2詩集、第3詩集を用意している。そして1914年には、ソフィア・パルノークとの運命的な出会いが待っていた。パルノークといえばツヴェターエワというほどに二人の関係は無視することのできないものとなるが、この愛はツヴェターエワに「女ともだち」シリーズと呼ばれる一連の素晴らしい詩をもたらしている。その一方で、この時期を挟む数年間は、父の死や第一次世界大戦の勃発などもあり、ツヴェターエワの身の周りは少しも落ち着くことがなかった。

革命の最中の1917年に二人目の娘イリーナが誕生する。翌1918年には、夫のセルゲイが白軍の兵士として国内戦へと出ていった。革命後の混乱の中で誰もが困窮した時期で、ツヴェターエワとて例外ではない。ましてや彼女は、とりわけこうした事態に対処することが苦手だったようだ。モスクワでツヴェターエワが暮らした家は現在、博物館になっているが、かつてそこで、飢えに苦しんだ詩人が壁紙を剥がして糊の澱粉を煮出して食べたこともあるという逸話を聞いたことを思い出す。〈模範的にシンプルに生きることが私の幸せ／太陽のように、振り子のように、暦のように／すらりと背の高い俗世の隠遁者であること／神が創り給うたあらゆる物のように深き賢者であること〉――この困窮の中でツヴェターエワが書いた詩には、たとえ飢えようとも凛とした精神の人であろうとする姿が見える。この詩の中で彼女は〈おそらく、魂が我が同志、魂こそが我が指導者！〉と高らかに謳う。「同志」「指導者」という表現を〈魂〉にあてがって俗世の出来事に呑まれぬよう自分を叱咤しているのかもしれない。しかし1920年、ツヴェターエワは、幼い娘イリーナを栄養失調で亡くしてしまう。

内戦が終わると白軍に参加した夫は亡命を決める。ツヴェターエワにもついに祖国を離れる日がきた。アリアドナを連れてベルリンに向かい、それからチェコに滞在、そこで息子のゲオルギイが誕生している。やがて一家はパリへ落ちついた。ベルリンやプラハ、パリには亡命ロシア人の大きなコミュニティが形成されており、ツヴェターエワは当初ここへ歓迎して迎え入れられる。銀の時代の詩人たちはおもにヨーロッパへ亡命した人たちと、国内に残った人たちに分かれてしまう（大変化の渦中で亡くなった詩人も多い）。ロシア文学はこれを機に、国内と国外とに分断されてしまう。ロシア語で執筆する詩人たちは外国で読者を失い、ソ連に残った詩人たちは弾圧に苦しめられることになる。

しかし、さまざまな詩人たちと交流しながらも、パルノークと同様にどの文学グループにも属さずにいたツヴェターエワは、パリでも次第に亡命ロシア人らから疎外されていく。亡命の日々に書かれた詩は、1925年の第5詩集『ロシアを後にして』にまとめられている。この時には、これが最後の詩集になろうとはツヴェターエワ自身、想像もしていなかったにちがいない。そして後に、ソ連となった祖国へ戻り、再び命がすり減るような困難な日々が待ち受けていることも。

夫のエフロンは亡命先でソ連の諜報活動に関与するようになる。その結果、エフロンは１９３７年にソ連へ帰国、娘のアリアドナも一足先にモスクワに戻り仕事に就いていた。１９３９年、マリーナも息子とともに17年ぶりの祖国へ降り立つ。ひとまず生活の不安はなくなったものの、懐かしい祖国で彼女はもう「詩人」ではなかった。

そして、ようやく得た穏やかな生活にもあっという間に終止符が打たれる。スターリンの大粛清が吹き荒れるこの時期、ツヴェターエワが帰国して2カ月後、アリアドナがスパイ容疑で逮捕され、さらに2カ月後には夫も逮捕されてしまった。マリーナは翻訳などで小銭を稼ぎながら、アンナ・アフマートワがそうしたように、夫と娘へ差し入れをするため、牢獄の前のあの行列に幾度も幾度も並んだのだった。

ツヴェターエワは、「人民の敵」の妻として益々社会に居場所を失っていった。しかしこの間も、後に『百年後のあなたへ——四十年集』となる詩集を編んでいる。どんな時も詩を書くこと、詩集を準備することは決してやめない。詩はツヴェターエワにとって魂の脈拍にひとしい。しかし、息子と二人、物理的にも精神的にも苦しい日々に、またもや戦争が追い打ちをかけてきた。１９４１年6月にドイツ軍がソ連へ侵攻し、独ソ戦が始まったのである。この戦争は、ソ連やドイツで誠実に暮らすすべての人びとを苦しめ抜いた悲劇であった。ツヴェターエワは、8月8日に息子を連れてヴォルガ河沿岸の町エラブガに疎開している。けれども、戦火を逃れても困窮はどこまでも母子を追ってきた。

そして8月31日、大切な人たちに遺書を書くと詩人はみずから命を絶った。一人残される息子ゲオルギイに宛てられた遺書には、許しを乞い、とてもとても愛していること、けれどもう生きてはいけないことをわかって、と記されていた。

ツヴェターエワの死から2カ月後、セルゲイ・エフロンは処刑された。孤児となって成長した息子のゲオルギイは、1944年に兵士として戦場へ送られ19歳で戦死している。矯正労働収容所に送られていた娘のアリアドナだけが生き延びて、1948年に自由の身になると（その後、再逮捕もされるのだが）、母の詩を整理し、回想などを執筆して貴重な記録を残すことに生涯を捧げ、1975年に62歳で生涯を閉じた。こうしてツヴェターエワの愛した家族は皆この世を去っていった。

そして詩が残った。

わかっている、空焼け時に私は死ぬと！　朝か夕か
いずれと共にか、注文は出せない！

ああ、我が松明が二度消えることができたなら！
朝焼けと夕焼けの両方で消えることができたなら！

踊るような足取りで地を通り過ぎた！　空の娘よ！
ひとつの芽もだめにせず、エプロン一杯の薔薇を抱えて！
わかっている、私は空焼け時に死ぬの！　鷹のごとき夜を
神は我が白鳥のごとき魂を捕えに寄こしたりはしまい！

柔らかな手で、接吻を受けなかった十字架をはらったら
気前のよい空へ最後の挨拶を求めて私は飛び立つ
空焼けの裂け目は、お返しにくれた笑みの切れ目でもある……
私は最後の呼吸のときも詩人でいることだろう！

（1920年12月、モスクワ）

「銀の時代」主要人物

インノケンチー・アンネンスキー（1855―1909）

ロシアの前期象徴派を代表する詩人・文芸評論家・翻訳家。ボードレールやヴェルレーヌの影響を受けながらも、独自の難解な言語世界を構築。後の詩人、とりわけアクメイズムの詩人たちに大きな影響を与えた。

ヴャチェスラフ・イヴァノフ（1866―1949）

後期象徴派の中心となる理論家。妻のリジヤ・ジノヴィエワ＝アンニバルとともに「塔」と呼ばれるペテルブルクの自宅でサロンを開き、「銀の時代」の文学界をけん引した。

ドミトリー・メレシコフスキー（1866―1941）

妻のジナイーダ・ギッピウスとともに、ロシアの前期象徴派を開始した詩人・作家・文芸批評家。1893年にロシアシンボリズムのマニフェストとなる論文「現代ロシア文学の衰退の原因と新しい潮流について」を発表。革命に反対し、1920年にフランスへ亡命。邦訳に、『永遠の伴侶作家論』（中山省三郎訳、木馬社、1951―52年）、『ピョートル大帝　反キリスト』（米川哲夫訳、河出書房新社、1987年）、『ダ・ヴィンチ物語』（山田美明・松永りえ共訳、英知出版、2006年）、雄渾社「メレシコフスキー選書」など多数ある。

コンスタンチン・バリモント（1867－1942）

前期象徴派の主要人物の一人、英国詩の翻訳も手掛け、19世紀末から20世紀初頭にかけて、その音楽性に満ちた詩で、ロシアでもっとも愛された詩人。十月革命に反対しフランスに亡命するが、貧困の中で病死した。日本を訪れた際の印象を記した『日本を歌へる―露西亜詩集』（尾瀬敬止訳、誠之堂書店、1923年）などもある。

ワレーリー・ブリューソフ（1973－1924）

1910年までのロシアの象徴派をけん引し、後の象徴派第2世代での発展の礎を築いた詩人・作家。邦訳に短編集『南十字星共和国』（草鹿外吉訳、白水社、2016年）がある。

マクシミリアン・ヴォローシン（1877－1932）

「銀の時代」の詩人や芸術家たちにとってもっとも重要な人物である詩人、評論家。クリミアのコクテベリにある彼の自宅には、当時の文化人らが身内のように訪れ、さまざまな出会いと交流が行われた。

アレクサンドル・ブローク（1880－1921）

ロシアの後期象徴派、そして20世紀のロシア詩を代表する大詩人。ロシア革命の際は赤軍兵士をキリストの十二使徒にみたてた長編詩「十二」を執筆したが、21年に病死。『ブローク詩集』（小平武訳、彌生書房、1979年）、鈴木積『「十二」の詩人　アレクサンドル・ブローク』（ティプロ出版、

2003年）、『薔薇と十字架』（小平武、鷲巣繁男訳、平凡社、1995年）、奈倉有里『アレクサンドル・ブローク　詩学と生涯』（未知谷、2021年）。

アンドレイ・ベールイ（1880－1934）

親友でもあるブロークとともに後期象徴派の中心人物である作家・詩人。とりわけその小説は後の作家たちの文体にも大きな影響を与えた。邦訳に、『魂の遍歴』（川端香男里訳、白水社、1973年）、『銀の鳩』（川端香男里訳、講談社、1977年）、『ペテルブルグ』（川端香男里訳、講談社、2000年）などがある。

ニコライ・グミリョフ（1886－1921）

妻となるアンナ・アフマートワらとともにアクメイズムを代表する詩人。アフリカ遍歴などを反映した異国のイメージに満ちた詩を書いたが、ソ連時代になると反革命の陰謀を企てたとして銃殺刑となった。

ボリス・パステルナーク（1890－1960）

20世紀ロシア文学を代表する詩人・作家。象徴派、未来派など当時の新しい文学潮流や詩人たちの影響を受けながら独自の詩作を確立、さらに小説家としても代表作『ドクトル・ジバゴ』（1957年、イタリアで出版）でノーベル文学賞に選ばれるが、ソ連の弾圧を恐れこれを辞退した。邦訳は未知谷より「ボリス・パステルナーク詩集」として全7冊（工藤正廣訳、

2002－2004年）、『ドクトル・ジバゴ』（工藤正廣訳、未知谷、2013年）など多数。

オーシプ・マンデリシターム（1891－1938）

象徴派を敬いつつも、その神秘主義的な世界観を否定し、アンナ・アフマートワやニコライ・グミリョフらとともにアクメイズムという新たな流派で活動した詩人。スターリンの大粛清が行われた1938年に逮捕・流刑となり、ウラジオストク郊外の中継収容所で病死した。邦訳には『時のざわめき』（安井侑子訳、中央公論社、1976年）、『詩集　石　エッセイ　対話者について』（早川真理訳、群像社、1998年）、『言葉と文化　ポエジーをめぐって』（斉藤毅訳、水声社、1999年）、『トリスチア　悲しみの歌』（早川真理訳、群像社、2003年）など。

ウラジーミル・マヤコフスキー（1893－1930）

ロシア・アヴァンギャルドを代表する詩人。立体未来派に属し、1912年に文集『社会の趣味への平手打ち』を発表、1923年には芸術左翼戦線《レフ》を結成した。政治の革命とともに芸術の革命を目指し、鮮烈な言語実験に満ちた創作を行ったが、1930年に死亡。邦訳は土曜社より小笠原豊樹訳で「マヤコフスキー叢書」として多数。その他、水野忠夫『マヤコフスキイ・ノート』（中央公論社、1973年）、亀山郁夫『破滅のマヤコフスキー』（筑摩書房、1998年）、小笠原豊樹『マヤコフスキー事件』（河出書房新社、2018年）など。

・Любовь Копылова Благословенная печаль: стихи, М., Искусство и жизнь, 1918.
・Любовь Копылова Одеяло из лоскутьев, Common place, 2018.

エレーナ・グロー

・Елена Гуро Шарманка / Илл. Автора, СПб., Сириус, 1909.
・Елена Гуро Осенний сон / Илл. автора и М. Матюшина, СПб., Сириус, 1912.
・Елена Гуро Небесные верблюжата / Илл. Автора, СПб., Журавль, 1914.

ナデージュダ・ブロムレイ

・Надежда Бромлей Пафос: Композиции. Пейзажи. Лица, М.: Т-во тип. А. И. Мамонтова, 1911.
・Исповедь неразумных: Рассказы / Оформление папки худ. I. R. — М., Артель писателей «Круг», 1927.
・Потомок Гаргантюа: Рассказы, М., Федерация, 1930.

テフィ

・町田清朗編訳『テッフィ短編集』(津軽書房、2006年)
・テフィ『魔女物語』(田辺佐保子訳、群像社、2008年)
・Тэффи Семь огней, СПб., Шиповник, 1910.
・Тэффи Юмористические рассказы, СПб., Шиповник, 1910.

アデライーダ・ゲルツィク

・Евгения Герцык Воспоминания, Париж, 1973.
・Аделаида Герцык: Жизнь на осыпающихся песках, Центр гуманитарных инициатив, 2022.

ガリーナ・ガリーナ

・Галина Галина Стихотворения, СПб., Типо-литография М. И. Троянского, 1902.
・Галина, Г. Предрассветные песни, СПб., Изд. В. М. Пирожкова, 1906.

リジヤ・ジノヴィエワ=アンニバル

・リジヤ・ジノヴィエワ=アンニバル『悲劇的な動物園　三十三の歪んだ肖像』(田辺佐保子訳、群像社、2020年)

ソフィア・パルノーク

・София Парнок Стихотворения, Пг., Тип. Р. Голике и А. Вильборг, 1916.
・София Парнок Розы Пиерии, М.,-Пг., Творчество, 1922.
・София Парнок Лоза: Стихи 1922 г., М., Шиповник, 1923.
・София Парнок Вполголоса: Стихотворения, М., О. Г. И., 2010.
・София Парнок Собрание стихотворений, Ann Arbor: Ардис, 1979.

マリーナ・ツヴェターエワ

・サイモン・カーリンスキー『知られざるマリーナ・ツヴェターエワ』(亀山郁夫訳、晶文社、1992年)
・高山旭編訳『百年後のあなたへ　マリーナ・ツヴェターエワの叙情詩』(新読書社、1999年)
・前田和泉『マリーナ・ツヴェターエワ』(未知谷、2006年)

参考文献

以下は本書で挙げた作品集と、取り上げた詩人たちの作品の翻訳や研究書で日本語で読める代表的なものです。このほかにも多くの論文や事典などを参考にさせていただきました。

- Максимилиан Волошин Воспоминания о серебряном веке, М., Республика, 1993.
- «Sub rosa»: Аделаида Герцык, София Парнок, Поликсена Соловьева, Черубина де Габриак/Сост, Т.Н.Жуковская, Е.А.Калло, Эллис Лак,1999.
- 土居紀子『ロシアの女性詩人たち』（東洋書店、2002 年）
- Борис Носик Женщины Серебряного века. Портреты на фоне эпохи, М, Родина ,2021.

アデリーナ・アダーリス

- Адалис А. Власть. Стихи, М., Советский писатель, 1934.
- Аделина Адалис Бессонница: Избранные стихи, СПб., Лимбус Пресс, 2002.
- Аделина Адалис Первое предупреждение, М, Водолей, 2020.

マリア・モラフスカヤ

- Мария Моравская На пристани, Петроград, 1914.
- Мария Моравская Апельсинные корки, СПб., 1914.

アンナ・アフマートワ

- アンナ・アフマートワ『念珠抄』（中山省三郎訳、人間の星社、1977 年）
- 安井侑子『ペテルブルク悲歌－アフマートワの詩的世界』（中央公論社、1989 年）
- 武藤洋二『詩（うた）の運命―アフマートヴァと民衆の受難史』（新樹社、1989 年）
- 『アンナ・アフマートヴァ詩集－白い群れ・主の年』（木下晴世訳、群像社、2003 年）
- アンナ・アフマートワ『夕べ　ヴェーチェル』（工藤正廣訳、未知谷、2009）
- アンナ・アフマートヴァ『おおばこ』（木下晴世訳、ブックワークス響、2013 年）
- アンナ・アフマートヴァ『ロザリオ』（木下晴世訳、ブックワークス響、2013 年）
- アナトーリイ・ナイマン『アフマートヴァの想い出』（木下晴世訳、群像社、2011 年）
- アンナ・アフマートヴァ『レクイエム』（木下晴世訳、群像社、2017 年）

ジナイーダ・ギッピウス

- Зинаида Гиппиус Собрание стихотворений 1889-1903, Book on Demand Ltd, 2019.

チェルビナ・デ・ガブリアック

- Чербина де Габриак Исповедь, М., Аграф, 1999.

マリア・シカプスカヤ

- Мария Шкапская Mater Dolorosa, СПб., Неопалимая Купина, 1921.
- Мария Шкапская Пути и поиски, М., Сов. писатель, 1968.

リュボーフィ・コプィローワ

- Любовь Копылова Стихи о примирении: Голос мятежный, Ростов-на-Дону, Наука и жизнь, 1908.
- Любовь Копылова Стихи: тетрадь вторая, М., В.Португалов, 1914.

あとがき

本書に収められた15人の詩人たちはロシア語で書かれる女性詩の世界の大きな氷山の一角にすぎない。そのことは、『銀の時代の101人の女性詩人』を編んだミハイル・ガスパーロフやオリガ・クシリナ、タチヤナ・ニコリスカヤも言及しているし、当時のロシアの読者たち、研究や出版に携わる人たちにも共通した認識だったようだ。

出版後まもなくガスパーロフとニコリスカヤは世を去り、続編の企画は潰えたかと思われていたが、20年近く経った2019年にモスクワで『銀の時代の1001人の女性詩人たち』という3巻本が出版された。各巻が700ページを超えるこの大著を編んだのは、自身も詩人で、これまでに「銀の時代」の詩人たちのアンソロジーをいくつも編集してきたヴィクトル・クドリャフツェフである。

そこには、本書で紹介した15人を含む1001人の女性詩人たちが本当に紹介されている。もちろん、1001人のなかには、「詩人」と呼んでもよいのだろうかと戸惑う女性たちも数多くいる。もっとも多いのは、当時の雑誌から見い出された人たちだ。彼女たちが生きた19世紀末から20世紀初頭は、女性雑誌の創刊が相次いだ時だ。あるいは、著名人（例えばブリューソフなど）に宛てられた手紙の中に添えられた詩もあるし、回想記の中に記録された詩もある。1995年頃からロシアではソ連時代の歴史を補完するために、著名な人に限らずさまざまな身分、時代の人びとの未発表の回想や日記を出版する機会が増えてきた。また、KGBに保管されていた資料の閲覧などもかなりできるようになり、過去の資料へのアプローチが容易になったということもあるのではないかと思っている。

したがって、1001人に含まれた女性たちの多くは、フルネームも生没年もわからぬままとなっている。モスクワとペテルブルクの間にあるトヴェリ州のヴィシニー・ヴォロチョクというとても美しい小さな町で1909年に出た学生の文集に掲載されていたという詩をひとつ紹介してみたい。

雪の結晶が落ちてゆく……どこへ向かっているの?
その飛翔は早く敏捷で美しい
突然みんなで一斉にくるくると回しだしたかと思えば
突然の風にふたたび散り散りにされたり

雪の結晶が落ちてゆく……たくさん、無数に
色を失いゆく絨毯のように地に積もりゆく……
人びとがこの美しい絨毯を踏み、歩きまわるだろう
それから無慈悲に掃き寄せ雪だまりにするのだろう……

雪の結晶が落ちてゆく……私はそれを目で追っている……
雪の結晶たち、あなたたちの飛翔はいつ終わるの?
人びともまたみんな前へと向かっている
死が彼らを掃き寄せ雪だまりにするまでは……

この詩を書いたマリア・グリンデリという女性がどういう人物なのかはわかっていない。いつどこで生まれ、どんな人生を歩み、どこで一生を終えたのかまるでわからない。推測できることは、1890年代に、ヴィシニー・ヴォロチョクの学校に通っていたということ、おそらくはその近隣で生まれ育ったのだろうということだけだ。透明感のある、とても清らかな詩だ。初雪なのだろうか、空を軽く見上げながら、落ちてくる雪の結晶を見つめて佇む若い女子学生の姿が目に浮かび、1世紀の時を経てもなお色褪せることのない瑞々しさを放っている。中でも、素朴な雪の結晶への二つの問いかけ、〈どこへ向かっているの?〉と〈あなたたちの飛翔はいつ終わるの?〉は、子どもも時代を終え大人になろうとする若い女性の人生への不安を伝えるようだ。その予感はそれに続く最後の2行で雪の結晶から〈人びと〉へと視線が移ることで的中する。死を迎えるまで私たちも歩き続けなければならない、その道は休みなく続き、時に突風に見舞われ、地に積もり踏みしだかれるとしても。

マリアのその後の人生を思う時、詩の一篇がもつ力の大きさに感服しないわけにいかない。彼女についてあまりにも何も知らないがために、「マリア・グリンデリ」という名前さえ詩の冒頭の1行か、あるいはタイトルとして詩行と分かちがたい意味をもつように感じるのである。こんなふうに新鮮で心が弾むような詩がほかにもたくさんある。

1925年生まれの詩人エヴゲニー・ヴィノクーロフには「20年代の女性詩人たち」という詩があり、そこには、穴だらけのショールにくるまり、居心地の悪い屋根裏部屋に積まれた荷物の上で寝食を忘れて創作の歓喜に身を任せる女性の姿が描かれている。ヴィノクーロフは、〈私は信じている、これらの女性詩人らの書物がいつの日か世に出るだろうと〉と締めくくっているが、こうした「不遇の女性」というロマンチズムを感じさせるあたりも、この時代の女性たちに惹かれる魅力のひとつかもしれない。

一方で本書に登場する15人の詩人たちはいずれも詩集を出し、当時は詩人として知られた人たちである。彼女たちには詩作への確固たる信念がある。自分の文体や語法を彫琢し、完成してきたまぎれもない詩人たちだ。本書はロシアの「女性詩人」を紹介する入門書のようなつもりで執筆したため、一人ひとりの詩人たちについては十分な解説はできていない。もっと知りたいと思われたなら、アフマートワやツヴェターエワなど日本語でもしっかりと読むことのできる詩人たちの別の書物を手に取っていただけたらとても嬉しく思う。

また、この時代の女性詩人には、マリエッタ・シャギニャンやヴェーラ・インベル、ヴェーラ・フィグネルのようにコミュニストとして革命への思いを謳った詩人たちも少なくない。今回は彼女たちの詩を入れることは叶わなかったけれども、それは今後の自分への宿題にしておこうと思っている。ロシアの女性たちの言葉に魅せられて20年以上が経ち、自分自身が惹きつけられてやまない文学の魅力が本書を手に取ってくださった方に少しでも伝わりますようにと願うばかりである。

本書のタイトル『埃だらけのすももを売ればよい』はアダーリスの詩から拝借したものだ。本文中の翻訳では、推敲の過程で若干違う表現に変更したのだけれど、「web侃づめ」連載時のタイトルでもあったこの一文の魅力を手放せず、そのまま書名にした。

本書を準備するにあたっては、女性詩研究の先輩方の著作に大いに助けられた。とりわけ土居紀子さん、中尾泰子さん、前田和泉さんの論文や著書からは多くを学び、私の未熟な知識を補っていただいた。前田さんたちと一緒に詩の研究会を開いていた時のことも終始懐かしく思い出していた。詩行の意味がわからず、全員が何分間も無言で考えこむという静かな研究会は、当時大学院生だった私には貴重な学びの場であった。その研究会のメンバーでもあった斉藤毅氏にもどれだけ感謝してても足りない。本書のための詩の翻訳だけでなく全般的に多くのアドバイスをもらった。また、わからないロシア語の質問に答えてくれたのはアナトリー・フィラトフさんである。文学教師としてソ連時代を生きてきた彼の経験と知識は何より心強い支えとなった。グローの難解な詩の訳出は、日本語も堪能なアレクサンドラ・プリマックさんに助けられた。皆さんに改めて心からの感謝を申し上げたい。

そして、この企画を実現してくださった編集者の藤枝大さんと書肆侃侃房の皆さまにも心からの敬意と感謝をお伝えしたいと思う。私自身は細々と文学の片隅にいられればいいという思いが強く、すぐに尻込みしてしまうところがあるのだが、毎月原稿を出すたびに藤枝さんにとても温かな言葉をかけていただいたおかげで1年間の連載を続けることができた。とりわけ、2022年の2月24日に始まったウクライナへのロシアの軍事侵攻の直後は、しばらく呆然とする日々が続いたのだけれど、連載の原稿を急遽アフマートワの反戦詩に変更することにして気持ちを落ち着けた。本書には、ウクライナの地名も多く出てくる。オデッサやクリミアが銀の時代の詩人たちにとって大切な場所であったことに変わりはないが、詩の舞台となった彼の地が変わり果てることなく生き延びますようにと願う日々が続いている。

書籍化するにあたって、藤枝さんと、鞄にそっと入れて持ち歩いてもらえるような、だけど10年後も20年後も書棚に静かに並べられ、心が不意に落ちつきをなくしたら手にとってページをめくってもらえるような、そんな本にしたいと話した。15人の詩人たちに100年後の読者たちとの素晴らしい出会いが待っていることを信じて送り出したいと思う。

二〇二四年一月

高柳聡子

装丁　名久井直子
装画　Varvara Stepanova（Alamy Stock Photo）

高柳聡子（たかやなぎ・さとこ）

1967年福岡県生まれ。ロシア文学者、翻訳者。早稲田大学大学院文学研究科博士課程修了。おもにロシア語圏の女性文学とフェミニズム史を研究中。著書に『ロシアの女性誌――時代を映す女たち』（群像社、2018年）、訳書にイリヤ・チラーキ『集中治療室の手紙』（群像社、2019年）、ローラ・ベロイワン「濃縮闇――コンデンス」（『現代ロシア文学入門』垣内出版、2022年所収）など。2023年にロシアのフェミニスト詩人で反戦活動家のダリア・セレンコ『女の子たちと公的機関　ロシアのフェミニストが目覚めるとき』（エトセトラブックス）の翻訳を刊行。

埃だらけのすももを売ればよい

ロシア銀の時代の女性詩人たち

2024年2月24日　第1刷発行

著者　高柳聡子
発行者　池田雪
発行所　株式会社 書肆侃侃房（しょしかんかんぼう）
〒810-0041 福岡市中央区大名2-8-18-501
TEL 092-735-2802　FAX 092-735-2792
http://www.kankanbou.com
info@kankanbou.com

編集　藤枝大
本文デザイン　藤田瞳
DTP　黒木留実
印刷・製本　モリモト印刷株式会社

©Satoko Takayanagi 2024 Printed in Japan
ISBN978-4-86385-604-2　C0095

落丁・乱丁本は送料小社負担にてお取り替え致します。
本書の一部または全部の複写（コピー）・複製・転訳載および磁気などの記録媒体への入力などは、著作権法上での例外を除き、禁じます。